SOS
au Lac des Glaces

Jean-Pierre Guillet

SOS
AU LAC DES GLACES

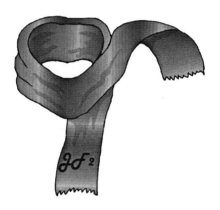

MÉDIASPAUL

Médiaspaul reconnaît l'aide financière du Gouvernement du Canada par l'entremise du Fonds du livre du Canada (FLC), du Conseil des Arts du Canada et de la Société de développement des entreprises culturelles du Québec (SODEC) pour ses activités d'édition.

 Conseil des Arts du Canada Canada Council for the Arts   Patrimoine canadien Canadian Heritage Société de développement des entreprises culturelles Québec

Catalogage avant publication de Bibliothèque et Archives nationales du Québec et Bibliothèque et Archives Canada

Guillet, Jean-Pierre

    SOS au Lac des Glaces

    Pour les jeunes.

    ISBN 978-2-89420-916-5

    I. Titre.

PS8563.U546S67 2013   jC843'.54   C2013-941129-1
PS9563.U546S67 2013

Composition et mise en page : *Médiaspaul*
Illustration de la couverture : *Jean-Pierre Normand*
Maquette de la couverture : *Maxstudy*

Clipart : *Microsoft Word*

ISBN 978-2-89420-916-5

Dépôt légal — 3ᵉ trimestre 2013
Bibliothèque et Archives nationales du Québec
Bibliothèque et Archives Canada

© 2013   Médiaspaul
        3965, boul. Henri-Bourassa Est
        Montréal, QC, H1H 1L1 (Canada)
        www.mediaspaul.qc.ca
        mediaspaul@mediaspaul.qc.ca

        Médiaspaul
        48, rue du Four
        75006 Paris (France)
        distribution@mediaspaul.fr

Première partie

CONVERGENCES

1

Le démon

Les deux créatures, debout sur la rive de la mer intérieure, lèvent le museau vers le dôme de glace qui surplombe le monde. Au loin, l'appel s'élève, comme un gémissement ou une plainte.

La petite Eliî perçoit l'odeur âcre de Tehiû'lé, à son côté. Le vieux mâle a peur. Elle pose doucement la patte sur le pelage rêche de l'aîné, pour le réconforter.

Tehiû'lé, crinière blanche hérissée sur les épaules, oreilles dressées, fixe l'horizon de ses yeux voilés par l'âge. Il ne discerne plus que des ombres et de vagues lueurs. Il ne peut contempler les courants lumineux qui scintillent sur la coupole glacée. Mais il sent les flux d'énergie fluctuer sur sa peau. Les courants s'intensifient, puis convergent progressivement vers le mur de glace à l'horizon. Tehiû'lé frissonne en se remémorant ceux qui appellent.

Le passage vers le dessus du monde se trouve dans cette direction. Dans sa jeunesse, Tehiû'lé y est monté. Une seule fois dans sa vie, comme c'était alors la tradition pour entrer dans l'âge adulte. Et il a aperçu les démons. Tehiû'lé était à cette époque un juvénile inconscient et impétueux. Il a commis l'erreur d'approcher, et il a été puni.

Ses compagnons l'ont ramené au Monde du Lac plus mort que vif. Depuis lors, Tehiû'lé traîne sa patte boiteuse comme une malédiction. Les démons lui ont accordé un sursis, mais ils ne le laisseront pas s'échapper. Ce son s'adresse à lui, croit-il. Les démons l'appellent, ils vont venir le chercher. Ou détruire son monde.

Le Peuple du Lac a peur. L'appel retentit à intervalles irréguliers depuis la dernière initiation avortée des jeunes. Des lézardes sont apparues à l'horizon, là où le dôme glacé s'abaisse progressivement jusqu'aux confins de la mer intérieure. Quand le phénomène survient, une fine neige de cristaux se détache des fissures et tombe sur les flots.

Le ciel s'effrite. Le Peuple du Lac craint l'inconcevable. Le monde va-t-il s'effondrer sur eux ?

Tehiû'lé envisage de se sacrifier, pour le bien de tous. Monter à la rencontre des démons, avant qu'ils ne détruisent tout sur leur passage. C'est une décision terrible. Les sages Mères du peuple doivent donner leur accord ; mais elles tergiversent. Est-ce la bonne décision à prendre ? Ne risque-t-on pas au contraire de provoquer encore davantage les démons ? Comment savoir ? Il faudrait un signe.

Et voilà que survient ce signe.

Eliî surveille le troupeau qui broute dans la plaine en bordure du lac. Le bruit dans le ciel énerve les bêtes. L'écho des glaçons qui se détachent du dôme et tombent à l'eau fait sursauter les pondeuses. Les grands oiseaux dressent le cou et agitent leurs ailes atrophiées. Mais l'émoi est plus grand que d'habitude, dirait-on.

Des cris stridents montent de l'élevage. Les volatiles s'égaillent en tous sens, comme pris de panique. Soudain, Eliî aperçoit la cause de tout ce remue-ménage, au milieu du troupeau. La petite femelle agrippe la patte de l'aîné et pousse un sifflement de surprise et de terreur.

— UN DÉMON !

2

La mort de Jean-François

Une jeune fille sanglote devant l'urne vide. On n'a jamais retrouvé le corps du défunt.

Deux traînées de maquillage coulent sur ses joues rousselées. Elle attire les regards au salon funéraire, cette jolie rousse vêtue à la dernière mode. Elle se tamponne les yeux, essayant de se contrôler, mais c'est plus fort qu'elle. Tout cela est trop triste, trop injuste. Et c'est de sa faute !

La photo d'un jeune homme trône à côté de l'urne funéraire. La jeune fille dépose à côté du cliché un petit carré de feutre vert, sur lequel un symbole est brodé en rouge :

$$\mathcal{JF}2$$

Les parents et amis de la famille du disparu reconnaissent dans ces lettres les initiales du garçon dont on honore aujourd'hui la mémoire :

JF², ou JFF, pour Jean-François Ferron.

Mais les quelques camarades de classe qui accompagnent la jeune fille savent que ces initiales correspondent aussi à son nom, Jennifer Fullum.

Malgré la fatalité, le symbole du double JF les unit toujours d'un lien intangible.

Jennifer fixe l'image du disparu à travers ses yeux embrouillés de larmes. Même sur une simple photo, Jean-François Ferron dégage (... dégageait !) un étrange magnétisme. Cheveux noirs ébouriffés, des traits anguleux dominés par de grands yeux sombres. Un regard intense, perçant, presque intimidant. Les commissures des lèvres légèrement retroussées affichent une expression ambigüe : demi-sourire ou ironie ?

Ce garçon n'était pas très habile à exprimer ses émotions, il faut l'avouer. Plutôt taciturne et analytique, tout le contraire de Jennifer, si impétueuse et extravertie. Elle ne le connaissait pas depuis longtemps. Pourtant, elle ressentait une curieuse attirance pour lui.

Jean-François était un être à part, mélange inusité de force et de vulnérabilité. Un gars super intelligent, fiable et honnête, mais qui maîtrisait mal les subtilités des interactions sociales. Il avait besoin d'être guidé à travers le labyrinthe des relations humaines, protégé contre les jalousies et les mesquineries au collège, stimulé à sortir de sa coquille. D'une certaine façon, ce garçon éveillait l'instinct maternel de la jeune femme.

Jennifer aspirait à devenir animatrice de télé ou, idéalement, première ministre. Pour l'instant, elle présidait l'association étudiante de son collège. Pour le mois de l'environnement, l'association avait demandé aux élèves de suggérer des projets. Ce jeune homme était arrivé avec son idée de jardin d'oiseaux dans la cour d'école.

À cette époque, Jean-François Ferron s'était découvert une passion pour l'ornithologie. Ou plutôt pour les listes d'oiseaux. C'était l'une de ses marottes. Il cochait dans un guide le nom de toutes les espèces observées et connaissait par cœur leur nom scientifique. Il avait entendu parler d'un concours visant à attirer le maximum d'espèces dans un lieu donné. Il avait présenté un projet détaillé à la présidente de l'association étudiante.

Jennifer avait été curieuse de voir arriver ce garçon au local de l'association. Des cancans couraient au sujet de ce « Jeff », dans le petit monde du collège. Même aujourd'hui, au salon funéraire, la parenté et les visiteurs chuchotaient à son sujet.

On disait qu'il avait fréquenté une école spéciale, qu'il était autiste ou quelque chose comme ça. Malgré ses airs humbles, on chuchotait qu'il faisait exprès pour se faire remarquer en s'habillant de couleurs dépareillées. Il allait probablement gagner la médaille du gouverneur général pour les meilleures notes au collège. Enfin, la rumeur voulait qu'il soit encore vierge.

C'était tout de même un beau garçon, dans son genre. D'accord, Jeff s'arrangeait un peu n'importe comment et il n'avait pas un physique de footballeur. Mais ce n'était pas un gringalet non plus, on devinait un corps vigoureux aux muscles effilés, sculptés davantage pour l'endurance que pour jouer au matamore. D'ailleurs, il s'entraînait à la piscine du collège tous les midis, en solitaire, concentré, comme pour tout ce qu'il faisait.

Jennifer avait été impressionnée par les plans détaillés d'aménagement que Jeff lui avait apportés : plantations, nichoirs, mangeoires, bains d'oiseau... La présidente avait présenté l'idée aux autres membres de l'association étudiante, puis aux autorités du collège. Finalement, le projet avait été accepté, et la Ville avait même contribué au financement.

Jean-François Ferron avait abattu un boulot remarquable, aussi bien physiquement qu'intellectuellement : travail de terrassement, recherches sur les meilleurs aménagements, plantations, rédaction de panneaux d'interprétation... il s'était investi à fond. Au cours de cette période, Jennifer avait côtoyé régulièrement le curieux jeune homme. Ils avaient fini par devenir plus ou moins amis. Jeff ne se confiait pas spontanément, mais il répondait avec candeur quand on l'interrogeait. Et Jennifer était curieuse.

Oui, Jean-François Ferron avait fréquenté une école spéciale de rééducation, au primaire. Il avait appris à parler très tardivement. Il avait vu des pédopsychiatres. On avait soupçonné une forme d'autisme, ou plutôt le syndrome d'Asperger, « des idiots savants », disait-il avec un sourire désarmant d'autodérision. Mais rien n'avait été diagnostiqué formellement. Des tendances un peu limite, peut-être, mais pas franchement anormales, rien qui nécessitait une médication.

Jean-François avait finalement pu intégrer les cours réguliers au secondaire, une école privée bien encadrée, tout de même, ses parents s'étaient saignés à blanc pour ça, un « nerd » comme lui se serait fait bouffer tout cru dans la jungle du secondaire public. Oui, il était devenu un premier de classe, un crack, un « bollé » comme on disait, inscrit en sciences. Quant aux agencements vestimentaires parfois curieux... eh bien, il était daltonien. Cette perception déficiente des couleurs le contrariait pour identifier les oiseaux, mais il compensait par un sens aiguisé de l'observation pour d'autres détails.

Jennifer s'était aperçue de ce défaut de vision quand le jeune homme l'avait complimentée sur ses cheveux... bruns ! Il ne distinguait pas le roux. La jeune fille, curieuse de vérifier un autre potin, s'était discrètement informée à travers son réseau de contacts étendu. Non, Jeff n'était pas vierge.

Il n'avait fait aucune avance à Jennifer, à part peut-être ce compliment maladroit sur sa chevelure. La jeune fille, soucieuse de son apparence et de son charme, en était même un peu vexée. Mais Jeff n'était pas du genre séducteur porté sur l'esbroufe. Cela le rendait attachant, à sa manière.

Contrairement à d'autres gars, Jeff pouvait écouter sans vous juger ou imposer sa façon de voir. Il cherchait à comprendre, sans arrière-pensée. Jennifer, derrière sa façade enjouée et déterminée, avait ses zones fragiles, ses peurs et ses doutes. Une vie sentimentale cahoteuse, trop souvent décevante. Jean-François était franc et rassurant. Derrière ce calme apparent, bien contrôlé, la jeune fille devinait aussi un bouillonnement intérieur, des passions quasi enfantines confrontées à une certaine incompréhension du monde réel. Ce mélange intrigant l'attirait.

Aujourd'hui, donc, devant l'urne vide, au salon funéraire, Jennifer pleure à chaudes larmes, essayant en vain de chasser de son esprit toutes ces images du passé. C'est fini.

La grande fille rousse s'approche des parents du disparu, une boule dans la gorge.

Le père a des traits qui rappellent un peu ceux de son fils, mais en plus mollasse, le dos voûté. La mère est raide comme un piquet. Jennifer leur tend la main, mal à l'aise.

— Je vous offre mes condoléances. Je suis Jennifer Fullum... Vous savez, celle qui a inscrit votre fils pour ce concours... Jean-François était tellement content... Je suis désolée, je...

La voix de Jennifer s'étrangle. Le père détourne le regard, les yeux rougis. La mère fixe durement cette péronnelle qui lui a ravi son fils, ce fils fragile pour lequel elle a consenti à tant de sacrifices. Le regard de la mère est froid, glacé comme les eaux glauques de l'océan polaire qui ont englouti son enfant.

Jennifer retire sa main, secoue sa crinière flamboyante, bafouille une excuse.

— Ce n'est pas de ma faute, je ne pouvais pas savoir...

Les gens autour la dévisagent. Personne ne l'accuse, pourtant. Jennifer Fullum ne peut contrôler le mouvement des icebergs. Tout cela est un accident. Un terrible accident. Un rêve devenu cauchemar.

Jennifer se hâte vers la sortie du salon funéraire. Sur le seuil, elle se tourne une dernière fois vers l'urne vide qui trône au milieu de la petite pièce.

Le grand absent de cette cérémonie la dévisage, les yeux perçants sur sa photo. Jennifer se convainc qu'il esquisse un sourire. Il ne lui en veut pas.

— Adieu, Jeff !

3

Capture dans le blizzard

La vidéo vient tout juste d'être mise en ligne sur Internet. Déjà, elle se répand à la vitesse de la lumière sur les réseaux sociaux et les commentaires affluent. La plupart penchent pour un canular.

L'image est de mauvaise qualité et le son presque inaudible. La scène a été filmée avec un téléphone cellulaire au milieu du blizzard.

On y voit deux hommes chaudement emmitouflés, un grand mince et un autre bedonnant, près d'un baraquement au milieu d'un désert de neige et de glace. Ils poussent des exclamations. Le plus grand tient une carabine en joue.

Devant eux, une bête étrange s'avance sur la neige. À première vue, on pourrait croire à un ourson dressé sur ses pattes. Mais cette créature est plus mince, zébrée sur les flancs. Surtout, elle marche debout, et quelque chose de vert flotte à son cou, comme une écharpe !

L'animal pousse des sifflements inquiétants. Il se dirige vers les hommes en titubant, comme épuisé. Il s'effondre à quelques pas d'eux et reste étendu sur la neige.

Les deux hommes s'approchent prudemment. Celui qui est armé pointe sa carabine contre la tête de l'animal. L'autre, le bedonnant, tâte la bête avec un bâton de ski. Il réussit à dégager le chiffon vert de son cou avec la tige métallique. Ça ressemble bel et bien à une écharpe partiellement déchirée. La caméra zoome vers le foulard, révélant une curieuse inscription brodée en rouge sur fond vert :

$$\mathcal{JF}2$$

Puis une voix hors champ bredouille quelque chose et le zoom augmente au maximum. Sous la broderie, le foulard est souillé de traces rouge brun, comme du sang séché. Cela forme des signes, quasi illisibles. La personne qui filme lit deux mots tout haut d'un ton stupéfait, le reste est inaudible.

SOS Stop ⋀

La vidéo se termine ainsi, brusquement, laissant les internautes sur ces énigmes.

* * *

Jennifer Fullum aurait pu résoudre au moins une partie du mystère. Pour l'instant, elle revient à pied du salon funéraire, malgré l'inconfort de ses étroits souliers à talons hauts. Pour une rare fois, elle qui fréquente assidûment les réseaux sociaux, elle a fermé son téléphone cellulaire. Elle fait un détour pour passer devant la cour verte du collège. Le cœur lourd, murée dans ses pensées.

Elle aurait reconnu cette écharpe. C'est elle qui l'a offerte à Jean-François la veille de son départ. Elle a même appris la broderie de sa grand-mère pour ajouter le symbole. Rouge pétant sur fond vert, genre lutin de Noël, pour taquiner Jean-François. Comme il est daltonien, elle a dû lui expliquer à quel point ça « punche ».

Jean-François était féru de formules et de jeux mathématiques. Auparavant, il avait lui-même fait remarquer la coïncidence de leurs initiales à la jeune fille, avec son petit sourire habituel : JF^2, pour Jennifer Fullum et Jean-François Ferron. Jennifer, dotée d'un sens artistique inné, avait créé ce symbole, gage de leur curieuse amitié... ou peut-être plus.

4

Le lion de mer

L'aménagement de la cour du collège s'est avéré un grand succès. Le projet était admissible à un concours parrainé par une organisation environnementale internationale. Il y aurait un grand tirage parmi des milliers de projets réalisés à travers le monde. Le premier prix était assez fabuleux : une croisière d'observation des oiseaux au bout du monde, en Antarctique.

Jean-François n'avait pas pris la peine de s'inscrire. Il s'était fixé un objectif pour le nombre d'oiseaux sur sa liste et l'avait atteint. Il était passé à autre chose, apprendre une liste de nombres premiers. La paperasse à remplir pour le concours l'ennuyait.

C'est Jennifer Fullum qui s'en chargea. Elle remplit et envoya tous les formulaires, en tant que présidente de l'association étudiante. Elle inscrivit le nom de Jean-François Ferron comme instigateur du projet.

Les chances de gagner étaient infimes. Avec son esprit analytique, Jeff le démontra mathématiquement à Jennifer.

Et pourtant, contre toute attente, le jeune homme eut la malchance de gagner.

Elle vit ses yeux noirs briller quand elle lui annonça la nouvelle. Impulsivement, il l'embrassa sur la bouche.

Quel voyage en perspective ! Il fallait se rendre en avion en Argentine, tous frais payés, plus précisément jusqu'à Ushuaïa, situé à l'extrémité du pays, la ville la plus au sud du monde ! Le navire de croisière *El león marino* — *Le lion de mer* — appareillait à partir de ce port, pour son périple à travers l'océan Austral, avec diverses escales en cours de route. Apparemment, il s'agissait d'une destination touristique assez populaire auprès des amateurs d'exotisme.

Comme dans tout ce qui l'intéressait, Jeff s'investit à fond dans la préparation du voyage. Il apprit des rudiments d'espagnol, langue de l'Argentine. Il acheta des guides d'oiseaux des mers australes, compila de nouvelles listes et apprit par cœur tous les noms latins. Et il amadoua ses parents...

Ces derniers avaient des réticences à laisser partir leur fils seul. Sa mère, en particulier, avait de la difficulté à « cesser de couver son petit idiot savant », disait Jeff avec son demi-sourire habituel, « le laisser quitter le nid et voler de ses propres ailes ».

Mais il avait l'esprit d'indépendance et faisait depuis longtemps ce qu'il voulait. Ses parents durent s'incliner. De toute façon, la croisière était supposément très bien organisée. Le voyage aurait lieu pendant les vacances d'hiver du collège, alors que c'était l'été austral, à l'autre bout du monde.

Jennifer n'avait pu assister au départ en avion, vers le lointain port argentin. Elle ne tenait pas à rencontrer la mère couveuse. Et puis, ce jour-là, l'association étudiante tenait une réunion pour préparer le carnaval d'hiver. Mais la veille du départ, elle était arrivée avec une surprise : l'écharpe verte et... un téléphone cellulaire.

Jean-François déchiffra avec quelque difficulté l'inscription rouge.

« Au moins, ce n'est pas trop voyant », commenta-t-il, avec son charmant sourire un peu gêné. C'était ironique, il présumait bien entendu que les « normaux » percevaient ces teintes complémentaires avec plus d'intensité.

Pour le cellulaire, il se faisait une fierté de s'en passer. Un souci d'originalité, ou l'orgueil de se fier uniquement à sa mémoire étonnante et à sa débrouillardise. Même sa mère n'avait pu le faire flancher sur ce point.

Mais Jennifer avait du caractère. Elle lui flanqua l'appareil entre les mains :

— Allons, t'es pas obligé de t'en servir. C'est en cas de besoin, seulement. J'ai préprogrammé mon numéro. Un petit génie comme toi devrait arriver à s'en servir.

Jean-François doutait qu'il y ait des réseaux auxquels se connecter en Antarctique. Mais l'énergique Jennifer ne se laissait pas démonter pour si peu.

— Tu peux télécharger des livres, ça prendra moins de place que tes bouquins, en croisière...

Jean-François était un grand lecteur, pas du genre de psycho pop préférée par Jennifer, mais des documentaires et des romans d'aventures.

— ... et prendre des photos, ou même de la vidéo. Ah ! je nous verrais bien tourner une séquence comme les amoureux, à l'avant du *Titanic* !

Jean-François oscillait la tête, l'air un peu figé. Signe d'hésitation et de trouble, elle avait appris à le reconnaître. Pas évident pour lui, les relations humaines. Qu'adviendrait-il de ce rapprochement entre eux, à son retour ? Elle-même se le demandait.

— Allons, je blague, idiot savant !

La boutade le fit sourire.

Ils passèrent cette dernière soirée ensemble, chez Jennifer. Ses parents n'étaient pas à l'appartement. Finalement, la jolie rousse put constater ce soir-là que ses charmes n'étaient pas sans effet sur Jeff. Le garçon était un peu maladroit, mais attentionné et charmant.

Ils avaient des personnalités et des vies bien différentes. L'attrait de la nouveauté et de la différence pouvaient jouer un temps, mais après... ?

La question ne se posait plus. Il n'y aurait pas d'après. Jean-François ne reviendrait pas...

* * *

Dans les jours qui suivirent le départ de Jeff, Jennifer porta évidemment une attention spéciale aux nouvelles à propos de l'Antarctique. Normalement, ce n'était pas un sujet chaud dans l'actualité. Mais justement, il était souvent question du réchauffement climatique.

Cet été-là, dans l'Antarctique, une immense plaque de glace s'était détachée de la banquise, l'équivalent en superficie de l'île de Manhattan. Du jamais vu. Cette section de la côte du continent antarctique n'avait pas été mise à nu depuis des milliers d'années.

La fonte des glaces allait en s'accélérant, le réchauffement climatique dû aux activités humaines avait des impacts jusqu'au bout du monde ! C'était préoccupant, bien sûr, mais tant que ça ne touchait pas directement les gens, ça restait un peu abstrait.

Jennifer ne s'inquiétait pas pour Jean-François. Elle suivait de jour en jour le trajet de la croisière, en visitant les sites sur Internet : le port de départ, Ushuaïa, un paysage de bout du monde, avec ses hautes montagnes bordant les eaux grises du canal du Beagle, à la pointe extrême de l'Amérique du Sud. L'escale aux îles Malouines (ou Malvinas, ou Falklands, selon les nations qui avaient successivement revendiqué la possession de ces rochers perdus, avec leurs pittoresques élevages de mouton...). Bien exotique, tout cela, mais Jennifer ne se serait pas vue là. Elle préparait plutôt, avec l'association étudiante, un voyage à New York pour Pâques...

Puis, un soir, il y eut ce fameux bulletin spécial sur Internet et dans les médias : au large du continent Antarctique, un bateau avait heurté un iceberg. Un navire de croisière : *El león marino* !

Jennifer, sous le choc, resta éveillée une bonne partie de la nuit, rivée à son ordinateur, pour suivre les événements. Le premier hélicoptère arrivé sur les lieux transmettait des images. Une mer grise, agitée, semée de blocs de glace jusqu'à la banquise qui barrait l'horizon. Au milieu de cette immensité, insignifiant, pitoyable, un navire, couché sur le flanc.

Plusieurs passagers se trouvaient encore à bord. Les opérations d'évacuation étaient en cours. De grosses chaloupes étaient mises à la mer. On ne savait pas s'il y avait des blessés, ou même des morts. Les nouvelles arrivaient au compte-goutte.

Le lendemain tous les médias faisaient leur manchette de cette tragédie. « Le *Titanic* de l'Antarctique », titrait-on. En réalité, sauf pour le climat, ça se rapprochait davantage du naufrage du *Costa Concordia* survenu en Méditerranée, quelques années plus tôt, quand ce navire de croisière avait paradé trop près de la côte italienne.

On commençait à en apprendre un peu plus sur l'accident. L'immense plaque qui s'était détachée de la banquise, accompagnée d'une cohorte d'icebergs très photogéniques, constituait une nouvelle attraction touristique. Le capitaine, pour plaire à certains passagers, s'était approché un peu trop près de ces îles flottantes au comportement imprévisible. Un iceberg s'était retourné, en avait fait dévier un autre qui avait percuté le bateau. Le capitaine allait certainement être sévèrement blâmé ou poursuivi.

Le naufrage avait eu lieu près des côtes de la péninsule Antarctique, une saillie du continent austral bordée par la mer de Weddell. Le navire, couché sur le flanc, était allé s'échouer contre la banquise. Les médias d'information passaient en boucle des images de passagers entassés dans des chaloupes, l'air ahuri, des vidéos prises avec des téléphones cellulaires montrant des mouvements de panique à bord, lors de l'évacuation, des témoignages des naufragés, en colère, en pleurs, stoïques...

Un chalutier de pêche et un gros navire de croisière arrivèrent rapidement sur les lieux, de même que des hélicoptères de sauvetage argentins et britanniques (des Îles Falklands), alliés pour ce sauvetage, après avoir été autrefois en guerre. Les naufragés étaient évacués vers le port d'origine Ushuaïa ou vers Port Stanley aux Falklands.

Dans la confusion initiale, il fallut un certain temps avant de pouvoir comparer les listes de rescapés. Par miracle, il s'avéra que la majorité des cent-vingt-sept personnes présentes à bord étaient saines et sauves, hormis les engelures, chocs nerveux et ecchymoses diverses.

On déplora sept décès, tragiques : trois membres d'équipage dans la cale éventrée par l'iceberg ; un couple resté coincé dans sa cabine immergée ; une vieille dame victime d'hypothermie dans un canot de sauvetage ; un homme tombé par-dessus bord, repêché trop tard, noyé.

Enfin, un dernier passager manquait toujours à l'appel, hélas ! Oui, bien sûr, c'était lui. Il se singularisait encore une fois.

Jean-François Ferron avait disparu en mer.

Les sauveteurs firent l'impossible pour retrouver le disparu. Jennifer, atterrée, suivait anxieusement la moindre bribe d'information sur Internet.

Des plongeurs et un mini sous-marin explorèrent la carcasse éventrée du *Lion de mer*. Sur l'océan, des débris dérisoires surnageaient ici et là, une valise, des chaises pliantes, des bols de service, des pages détrempées de guides ornithologiques...

C'était l'été polaire, là-bas. Les longues heures de clarté permettaient de prolonger les recherches. La température de l'air était relativement clémente, autour de dix degrés, mais les chances de survie dans l'eau glacée, sans équipement spécialisé, s'avéraient à peu près inexistantes. Sans l'avouer encore ouvertement, on cherchait plutôt à retrouver la dépouille du malheureux naufragé.

Sur la côte Antarctique et les îlots flottants, les témoins du drame observaient tout ce remue-ménage avec inquiétude : des lions de mer, justement, mais aussi toute une ménagerie d'oiseaux marins. Ce n'étaient plus des ornithologues amateurs en croisière qui les dérangeaient, mais de gros oiseaux métalliques bruyants. Parfois, quand un hélicoptère s'approchait trop près de la banquise instable, les vibrations déclenchaient des avalanches de glace. Spectaculaire et terrible.

Dans les jours qui suivirent, les reportages se succédèrent dans les médias. Des photos-chocs, des extraits vidéo, des témoignages, des hommages émouvants aussi bien que des anecdotes triviales firent le tour du monde.

Les journalistes diffusèrent une photo du groupe d'ornithologues amateurs prise lors d'une escale. Jean-François Ferron se tenait un peu à l'écart. Il ne regardait pas la caméra. Jennifer s'attarda longuement à contempler ce portrait : Jeff portait les cheveux plus longs qu'au départ et s'était laissé pousser un soupçon de barbe, qui lui allait bien. Toujours beau garçon, grand, mince, les yeux sombres, l'air intelligent. Il portait l'écharpe verte par-dessus un parka bien trop léger pour la survie dans l'eau glacée, hélas.

Jennifer imprima le cliché un peu flou et l'épingla au-dessus de sa table de travail. Jeff ne lui avait envoyé ni photo ni vidéo avec son nouveau téléphone cellulaire.

Sur une vidéo prise par un passager et diffusée dans les médias, on voyait des scènes de la vie à bord avant le naufrage, le pont du navire, l'équipage, des ornithologues qui s'exclamaient à la vue d'un quelconque volatile... À un moment donné, on entrevoyait Jean-François, perché tout à l'avant, appuyé sur une mince rambarde tandis que le navire filait parmi les glaçons. Oui, comme les amoureux tragiques du fameux film sur le *Titanic*. Mais il était seul...

Des passagers témoignèrent que ce jeune homme un peu taciturne et solitaire allait souvent s'isoler là. Un officier l'avait même averti que ça pouvait être dangereux. Mais ce garçon indépendant n'en faisait qu'à sa tête.

Un matelot pensait l'avoir vu là, à la proue, peu avant le drame. Il fait clair tard, sous ces latitudes, mais à ce moment la grisaille tombait, et le ciel était couvert. Puis était survenue la collision, le fracas, la cohue... Personne n'avait revu le garçon. On supposait qu'il était tombé à la mer sous le choc.

Il avait dû survivre au moins quelques minutes en mer. Peu après le naufrage, la radio du navire enregistra deux tentatives de connexion, faites à partir de son cellulaire. Puis, aucun autre contact. Depuis, Jennifer avait essayé bien des fois de l'appeler, à toute heure du jour et de la nuit. Il n'y avait aucun signal.

À la recherche de détails juteux à se mettre sous la dent, des reporters enquêtèrent sur le disparu. Ils contactèrent des professeurs, essayèrent vainement d'interviewer ses parents (qui demandaient qu'on respecte leur douleur), ils amplifiaient et déformaient les rumeurs d'autiste savant mésadapté... Des journalistes remontèrent même la piste jusqu'à Jennifer. La gorge nouée, la présidente de l'association étudiante fit l'éloge du jeune homme, mais se garda bien d'entrer dans les détails privés.

Le mauvais temps s'était levé en Antarctique. Tout espoir de retrouver Jean-François s'éteignit. Les recherches furent abandonnées.

Vingt-deux jours après le naufrage, les parents dévastés organisèrent une cérémonie commémorative à la mémoire de leur fils, devant une urne vide.

Et le monde passa à autre chose. Il y avait toujours de nouveaux drames, de nouveaux scandales pour occuper la presse. Comme cette histoire incroyable, cet animal inconnu qui aurait été retrouvé près du pôle Sud.

5

L'Homme des neiges

Aksel Madsen est bien embêté. Il est contremaître principal à la station de recherche antarctique Charcot. Pas le patron officiel, cela relève des scientifiques. Mais en pratique, pour le travail au jour le jour, c'est sur lui qu'on compte pour faire tourner la machine. La capture de ce drôle d'animal va attirer tous les regards de la communauté internationale. Ce n'est pas le bon moment. Les opérations ici ne vont pas comme prévu.

Madsen pousse un soupir. Il regrette d'avoir accepté ce boulot. C'est le salaire, gonflé par les primes d'éloignement, qui l'a incité à venir s'enfermer dans ce trou perdu. Avoir su que tout serait si compliqué !

Le contremaître se lève avec lourdeur. S'il a gardé de ses ancêtres vikings la pilosité blonde et une forte carrure, ses cheveux ont hélas battu en retraite avec l'âge, au même rythme où son ventre prenait de l'expansion.

Il sort de son bureau encombré pour aller chercher une boisson gazeuse à la cafétéria. Du cola bien caféiné et bien sucré, sa drogue personnelle.

Devant la distributrice, située un peu en retrait de la salle commune, le contremaître prête l'oreille aux bavardages des employés. Un sabir commun d'anglais mâtiné d'expressions et d'accents étrangers. La station internationale accueille un personnel très diversifié. Il y a de l'excitation dans l'air. Évidemment, la capture de la bête alimente les conversations.

Fuentes, le manœuvre qui a filmé l'événement, est accoudé au bar.

— Ça doit être une créature comme ça que Gordon a vue, dans le temps. C'était vrai, finalement !

— Qu'est-ce que c'est que cette histoire ? demande Vallée, un nouveau technicien qui ne connaît pas encore toutes les anecdotes du coin.

— Des gars installaient des antennes pas loin d'ici, pour des recherches sur les champs magnétiques. Le Gordon en question a vu des ombres approcher dans le blizzard. Il était armé, et il a tiré. Les ombres ont détalé. Il était convaincu d'avoir touché un... homme des neiges, qu'y disait.

— Hum... et ils ont trouvé des traces ? Ça se serait su !

— Ni cadavre, ni traces, intervient la cuisinière, Allison. Le reste de l'équipe n'a eu le temps de rien voir. Ce type qui se baladait avec une arme était du genre nerveux, paraît-il, et un sacré soûlon. Personne ne l'a cru.

— Mais ça, dans le hangar, c'est pas une hallucination ! lance Fuentes.

— D'après moi, ça vient des Russes ou des Chinois, réplique Allison. Une expérience secrète, un mutant dégueulasse créé dans une de leurs stations antarctiques.

Madsen soupire et prend une grande rasade de cola. C'est son ventre rebondi qui va muter, s'il ne se modère pas un peu. Évidemment, les théories fumeuses vont se multiplier, tant ici qu'à l'extérieur. Il a bien besoin de ça !

Madsen n'est pas d'humeur à potiner. Il se dirige vers un hangar attenant au bâtiment principal. Au fond, il déverrouille la porte coulissante d'un débarras. L'animal est là, couché en boule dans une ancienne cage pour chiens de traîneau.

Son pelage beige est marqué de rayures sombres sur le dos et d'un triangle noir au poitrail. Des poils hérissés sur les épaules le font paraître plus imposant. Une grosse tête au museau trapu, froncé, qui découvre de petites dents aiguisées. Une courte queue, assez épaisse. Les pattes arrière un peu plus courtes que les pattes avant. La cage ne lui permet pas de se relever. Dressé, il arrivait au torse de Madsen. Le plus extraordinaire, c'était de le voir marcher, d'un pas sautillant.

C'est le contremaître qui a retiré avec un bâton l'écharpe déchirée. Il y avait des traces de lacérations à l'épaule, mais le sang coagulé avait refermé la blessure. La bête geignait, secouée de frissons, elle semblait au bout de son rouleau. Madsen l'a fait transporter ici, à l'écart. On lui a offert du lait, du poisson, de la laitue... L'animal n'a rien pris. Sauf de l'eau... en portant le bol à son museau avec ses pattes avant !

La bête a récupéré un peu, apparemment. Elle s'agrippe aux barreaux, en fixant l'homme de ses petits yeux ambre et en lançant ses sifflements agaçants.

« Jamais vu un loustic pareil, songe le contremaître. D'où tu sors ? »

La station est située à la base de la péninsule Antarctique. Les alentours sont un désert de glace et les montagnes à l'horizon ne sont guère plus hospitalières. Sur le coup, trop excité par sa capture, on n'a pas pensé à relever des traces. Ensuite, le blizzard a effacé toute piste. La même chose serait-elle arrivée du temps de ce Gordon ?

Il est regrettable que l'affaire circule déjà sur Internet. Fuentes a filmé et surtout diffusé la capture sans son consentement. Madsen a aussitôt réprimandé le fautif et fait retirer la vidéo d'Internet. Trop tard. Bien sûr, avec le Web, tout va tellement vite, des copies ont aussitôt été faites et circulent de plus belle.

Des zoologues souhaitent venir examiner ce spécimen. Les chercheurs ici sont plutôt calés en glaciologie ou en ingénierie. Tant pis, à ce stade c'est aux autorités scientifiques à s'occuper de ça.

Le consortium *Charcot Antarctica*, qui gère la station, regroupe diverses universités qui y mènent des recherches. Mais d'influents commanditaires privés siègent aussi au conseil d'administration. Les universitaires, plus intéressés par les théories scientifiques que par la gestion des affaires courantes, font un peu trop confiance à ces généreux donateurs. Le salaire de Madsen, par exemple, est payé par une compagnie de forage qui l'oblige hélas à tourner les coins ronds.

La station est située juste au-dessus du lac Charcot, un vaste lac subglaciaire nommé en l'honneur d'un explorateur français de jadis. Des observations radar ont révélé, en effet, que plusieurs lacs reposent sur le socle rocheux du continent Antarctique, isolés sous l'épaisse calotte polaire. Aussi surprenant que cela puisse paraître, l'eau y demeure à l'état liquide, sous l'effet de la chaleur qui s'échappe des profondeurs de la Terre.

Les forages glaciaires et l'analyse des carottes recueillies donnent des indices sur l'évolution du climat. Le prélèvement de sédiments déposés au fond des lacs apporterait encore plus d'information sur le passé. Mais surtout, les chercheurs espèrent y découvrir des micro-organismes primitifs, coupés du monde extérieur depuis des milliers d'années. Un enjeu majeur consiste à atteindre et étudier ces eaux inviolées sans les contaminer. Les techniques complexes développées pour ces recherches serviront peut-être un jour à explorer des astres glacés comme Europa, une lune de Jupiter !

Une station russe étudie le plus vaste de ces lacs, Vostok. Des Britanniques s'intéressent au lac Ellsworth, non loin d'ici. Les Américains et d'autres ont aussi leur propres projets. C'est une nouvelle version de la course à l'espace, mais vers les profondeurs. Les résultats sont encore fragmentaires et controversés. Les commanditaires de

Charcot Antarctica comptent bien démontrer la supériorité de leur technologie, avec la notoriété et les juteux contrats qui s'ensuivront. Malheureusement, tout ne se déroule pas comme prévu.

Le contremaître principal soupire de plus belle. On compte sur lui pour régler les pépins au boulot. Madsen vide son reste de boisson gazeuse, jette un dernier regard à la bête qui siffle méchamment, puis referme à clef. Il retourne d'un pas lourd à son bureau.

6

Un message de l'au-delà

Jennifer, abasourdie, regarde la vidéo pour la troisième fois.

L'original a été mis en ligne il y a moins de deux heures. Il a été retiré rapidement (censuré ?), mais des copies circulent abondamment.

Les réseaux sociaux se sont enflammés. Une partie de l'énigme a été résolue. Des petits malins ont réussi à améliorer les images et le son. On a retracé celui qui a publié la vidéo sur la toile. Le petit dessin ꙮ est en fait un logo, un C couché et un A inversé. Tout concorde. Le vidéaste travaille pour *Charcot Antarctica* dans une station de recherche en Antarctique.

Mais personne n'a trouvé la véritable signification de la formule JF^2. Et pourquoi

Qui est en danger ? Que faut-il arrêter ?

Surtout, quel est ce mystérieux animal qui porte une écharpe ? L'hypothèse d'un ourson a été vite écartée : il n'y en a pas en Antarctique et la démarche bipède de même que les détails anatomiques ne collent pas.

Les grands médias se sont emparés de l'affaire et tentent de communiquer avec la lointaine station scientifique. Mais les représentants officiels n'ont encore émis aucun commentaire.

Jennifer laisse la vidéo sur « pause », à la dernière scène. L'image est floue, le tissu partiellement déchiré, mais... elle en est certaine, c'est bien l'écharpe qu'elle a offerte à Jean-François. Qu'est-ce qu'elle fait au cou de cette bête étrange ? L'animal aurait-il trouvé... le corps de Jean-François ?

Des images affreuses viennent à l'esprit de Jennifer, une horrible créature qui attaque et dévore son ami, s'empêtre dans l'écharpe...

Jennifer secoue sa chevelure rousse, pour chasser ces terribles idées. Vite, elle cherche fébrilement sur Internet si cette station Charcot se trouve près du lieu du naufrage.

Plus ou moins. Sur une petite carte, grosso modo, c'est dans la même région, mais quand même à bonne distance des côtes. Comment Jean-François aurait-il pu se rendre jusque-là ?

Le cœur de Jennifer tressaute comme un marteau piqueur. Un espoir fou la submerge. SOS... c'est un appel de détresse. Est-ce que par miracle Jeff serait encore vivant ? Après presque un mois ? Mais alors il a besoin d'aide, il faut le retrouver, le secourir !

Elle devrait alerter les parents de Jean-François. Mais vont-ils vouloir lui parler ? La croiront-ils ? On verra. Pour l'instant, pas de temps à perdre, Jennifer va droit au but. Tant pis pour le coût des interurbains !

Elle saisit le téléphone et compose le zéro.

— Bonjour, je voudrais appeler en Antarctique, s'il vous plaît...

Pas évident ! Elle est confrontée à un dédale de menus, de voix de synthèse ou d'opérateurs à l'accent incompréhensible... Enfin, elle obtient un numéro. Le bureau d'information de la station de recherche Charcot ! Le timbre sonne, clair comme si c'était la maison d'à côté.

Et ça sonne encore. Encore. Jennifer s'impatiente. Finalement, il y a un déclic. « *All our lines are busy. Please leave a message.* »

— Euh... c'est urgent... Au sujet de l'animal inconnu. Les initiales sont celles de Jean-François Ferron, du Canada. Vous devez essayer de le retrouver !

Elle improvise une traduction anglaise approximative, ajoute son nom et ses coordonnées... « Bip » La ligne est coupée.

Jennifer fronce les sourcils, insatisfaite. Elle pianote fébrilement sur son ordinateur et finit par dénicher les coordonnées de l'un des responsables de cette fameuse station. Il y a une adresse courriel. Elle rédige en hâte un message semblable à celui qu'elle vient de laisser sur le répondeur.

Sur Internet, on indique que la station est surchargée d'appels de toute sorte et de demandes d'entrevue. Tout un chacun échafaude des théories sur l'origine de l'animal. On parle d'expériences secrètes, de mutants échappés de bases secrètes au pôle Sud. D'autres croient que c'est lié au réchauffement climatique, ce serait un ancêtre de l'homme préhistorique, congelé vivant puis libéré par la fonte des glaces, ou quoi encore. Quant au SOS, les appels à retrouver des personnes perdues se multiplient, parfois plausibles, le plus souvent rocambolesques (Elvis Presley, Jésus-Christ, Bilbo le Hobbit...).

Enfin ! Une mise à jour apparaît sur l'écran d'actualités. Les autorités de la station Charcot viennent tout juste d'émettre un communiqué officiel :

« Un animal errant a été retrouvé près de la station Charcot. Contrairement aux rumeurs farfelues qui circulent, il ne s'agit probablement que d'un chien de traîneau malade et malformé, qui aurait été abandonné. Des spécialistes se rendront à la station pour l'examiner plus à fond. Une inscription fantaisiste sur un bout d'étoffe trouvé en même temps porte à croire qu'il s'agit d'un canular. Toutefois, par mesure de précaution, le personnel a entrepris des recherches pour retrouver toute personne qui pourrait être en danger aux abords de la station. S'il vous plaît, ne pas surcharger nos lignes de communications. Tout nouveau renseignement sera diffusé par communiqué. »

Au moins, si Jeff est dans le pétrin là-bas, ils sont à sa recherche. Et ils auront le message de Jennifer. Encore fébrile, elle cherche sur Internet d'autres détails qui auraient pu lui échapper.

Plusieurs sites d'actualité commentent l'affaire de « l'Homme des neiges », comme on dit. Des vulgarisateurs scientifiques décrivent les recherches effectuées dans la région. Comme le forage à travers deux kilomètres et demi de glace pour atteindre ce lac Charcot, vaste comme le lac Saint-Jean. Ou les études sur les communications radio et les champs électromagnétiques effectuées à l'ancienne station Siple ; étonnamment, les messages émis étaient captés au Québec, qui se trouve être le « point de conjugaison électromagnétique » opposé à cette terre lointaine.

Jennifer parcourt tout cela en diagonale. Ça n'a aucun rapport avec Jeff. Ayant assez perdu de temps, la jeune fille se décide à appeler les parents de Jean-François. Si nécessaire, ils entreront en contact avec le gouvernement, la Croix-Rouge, les Nations-Unies...

Elle saisit son téléphone cellulaire. Au moment où elle s'apprête à composer le numéro, l'appareil sonne. Elle répond :

— Allo ?

Il y a une série de déclics et... l'appel est coupé. Frustrant ! Qui l'appelait ? Jennifer consulte la liste des appels reçus. Le numéro ne lui dit rien.

Soudain, son cœur manque de s'arrêter, elle pâlit et pousse un cri étranglé. C'est comme si un fantôme venait de l'appeler d'entre les morts.

Vite, elle consulte l'agenda électronique pour vérifier son intuition. Oui ! Oui ! Jean-François ! C'est le numéro du téléphone cellulaire qu'elle a offert à Jean-François !

Les jambes lui manquent, elle s'effondre sur une chaise. Fébrilement, elle appuie sur les touches de son téléphone pour le rappeler.

Pas de signal !

Deuxième partie

DESCENTE AUX ENFERS (DE GLACE)

7

Naufrage

Jean-François Ferron esquisse un sourire glacé. Il paraît qu'on revoit sa vie, avant de mourir. C'est le moment, songe-t-il. Il aurait bien aimé raconter la fin du voyage à Jennifer...

Ce dernier soir en mer, l'ambiance est quasi irréelle. Il y a un peu de brume et les eaux grises sont parsemées de glaçons blancs. Jean-François est perché à la proue de l'orgueilleux *Lion de mer*, son lieu favori pour s'isoler du bavardage des touristes, et pour réfléchir à Jennifer.

Cette fille énergique, magnifique et attirante bouleverse l'ordonnance de son monde intérieur. Que faire au retour ? Explorer plus avant cette relation, affronter les tempêtes émotionnelles ? Les études, les exercices intellectuels, sont tellement plus rassurants...

La montagne d'un blanc étincelant qui se dresse soudain devant le navire coupe court à ses réflexions. Tout se passe très vite. Il entend des cris, venant de l'équipage. Le timonier tente une manœuvre, trop tard, tandis que la base de l'iceberg déchire le flanc du bateau.

Jean-François perd pied sous le choc. Il n'a pas le temps de penser ni même d'avoir peur. Plutôt de la surprise, une attente ébahie...

Il s'affale lourdement sur une surface inégale, ballotée de toutes parts. Le jeune homme relève le cou, tâte son front endolori, fait la grimace en contemplant le sang sur ses gants. Il regarde avec étonnement autour de lui. En cette saison, à ces latitudes, il ne fait jamais totalement noir, même aux petites heures du matin.

Jean-François n'est pas tombé à la mer. Il se trouve sur une large plaque de glace, détachée de l'iceberg au moment de la collision. Des myriades de glaçons s'entrechoquent sur les eaux balayées par les vents. Un peu plus loin, les lumières du navire éclairent de mille feux une montagne cristalline, qui s'écarte doucement.

Le jeune homme se relève tant bien que mal sur son glaçon instable. Il n'a pas peur encore, stimulé par l'adrénaline. L'équipage va sûrement mettre des chaloupes à la mer, lancer des fusées éclairantes.

Jean-François fait de grands gestes avec les bras, en hurlant de toutes ses forces. En vain. Aucun signe qu'on l'ait aperçu. Le navire, de guingois, dérive lentement. Le radeau de glace, plus léger ou pris dans un autre courant, est poussé vers une côte proche.

Il remarque des oiseaux qui plongent à la mer, inquiets de voir arriver ce bipède qui hurle. Il les reconnaît facilement à leur queue caractéristique.

Pygoscelis adeliae, *des Manchots d'Adélie*, songe-t-il. *Pas de chance, déjà vus...*

Au cours de sa croisière, Jean-François avait pour objectif d'observer au moins la moitié des quarante-sept espèces résidentes ou de passage dans l'Antarctique. Il en avait déjà coché vingt sur sa liste. Ce stupide incident va probablement mettre fin à la croisière et l'empêcher d'atteindre son objectif.

Jean-François est encore capable de s'attarder à de tels détails. Pour lui, tout ça c'est une mésaventure peu banale. Il est persuadé qu'il sera secouru sous peu. À son âge, on se sent invulnérable, la vie ne peut pas nous jouer de trop vilains tours.

Soudain, les choses se précipitent. La plaque de glace se scinde en deux en heurtant des écueils au pied d'une falaise enneigée. Jean-François réussit à sauter agilement d'un bloc de glace à l'autre, sans trop détremper ses bottes, heureusement.

La falaise, battue par les vents, s'élève à pic. Pour se protéger des rafales, Jean-François court se mettre à l'abri sous un surplomb. Entre les congères s'ouvre une petite anfractuosité. L'air y semble légèrement moins froid qu'à l'extérieur, ou peut-être n'est-ce qu'une illusion, à cause des bourrasques au-dehors.

Jean-François se blottit à l'entrée, de façon à pouvoir surveiller par l'ouverture les secours qui ne tarderont pas à arriver par mer ou par air. Il est encore convaincu d'être retrouvé, mais ça risque tout de même de prendre quelque temps.

Il resserre le foulard de Jennifer autour de son cou, pour tenter de se réchauffer. Il se tâte de nouveau le front. Une grosse bosse poisseuse, mais pas de sang frais. Finalement, il s'en tire à bon compte. Il ressent même au fond de lui une sorte d'exaltation incongrue. Quelle aventure ! Le capitaine a parlé aux passagers de l'immense plaque de glace qui s'est récemment détachée de la banquise, laissant de nouvelles lignes côtières à découvert. Sans doute, aucun humain avant Jean-François n'a foulé le sol de cette petite caverne nichée en bordure du continent Antarctique.

Jean-François grimace un sourire. Il se retrouve un peu comme les grands explorateurs de jadis, ou comme les héros de roman ! Effectivement, le téléphone intelligent de Jennifer s'est avéré commode pour télécharger des livres numériques qui ont meublé les temps morts du voyage. Au large du cap Horn, Jean-François était plongé dans *Le Voyage du Beagle*, récit du naturaliste Charles Darwin, qui a jadis navigué dans ces eaux. Il a aussi dévoré des romans d'aventures polaires. La nuit dernière, par exemple, il terminait *Les Aventures d'Arthur Gordon Pym*, par Edgar Allan Poe. Le héros finit perdu aux abords du pôle Sud. Au moins ce ne sera pas son cas... non ?

Une pointe d'inquiétude commence quand même à le turlupiner. Pris d'une inspiration subite, le garçon tâte la poche intérieure de son parka. Oui, le téléphone est là, intact. Les passagers pouvaient envoyer des messages via l'antenne satellitaire du navire, moyennant des coûts exorbitants. Au diable la dépense. De ses doigts engourdis, Jean-François compose le code d'accès, qu'il a retenu sans effort. La connexion est-elle possible d'ici ? Oui... mais c'est engagé ! Il essaie encore, en vain. Les lignes doivent être surchargées.

Jean-François examine l'écran pâlissant. La pile est faible. Il ne s'est pas soucié de la recharger, après avoir lu à l'écran jusqu'aux petites heures du matin. Mieux vaut économiser l'énergie. Les secours vont s'organiser bientôt. Il rappellera dans quelques instants.

L'excitation de l'adrénaline retombe. Son front endolori élance. Jean-François se sent un peu étourdi. Il ferme les yeux, un moment. Pour passer le temps, il décide d'énumérer mentalement les quarante-sept espèces d'oiseaux de l'Antarctique. Il a facilement mémorisé les noms français par ordre alphabétique :

Albatros à sourcils noirs. Albatros à tête grise. Albatros brun. Albatros d'Amsterdam. Albatros fuligineux. Albatros hurleur. Canard à queue pointue. Chionis blanc. Cormoran antarctique. Cormoran de... Crozet... Cormoran... impérial... Damier... du Cap... Fulmar...

Juste avant d'arriver au Fulmar argenté, rassuré et engourdi par la litanie des noms, Jean-François s'assoupit.

Il se réveille en sursaut, glacé, les joues engourdies, la barbichette givrée. Quelque chose bourdonne dans le ciel. Un gros insecte métallique. Un hélicoptère qui bat l'air avec ses pales puissantes. Des secours !

L'appareil approche. Les langues de neige qui font saillie au-dessus de la caverne laissent échapper des cristaux argentés. Un fin crissement emplit l'air.

La côte récemment dégagée est encore instable. Le rideau féérique s'épaissit. Le crissement devient grondement. Le surplomb neigeux se détache brusquement.

Jean-François se précipite vers la sortie. Trop tard. Il est refoulé vers l'intérieur, culbuté par des rouleaux de neige. Il recule frénétiquement pour ne pas être englouti, se propulsant des pieds et des mains, jusqu'à se retrouver plaqué contre une paroi. L'avalanche blanche couvre bientôt le dernier recoin de ciel visible, et l'obscurité envahit tout. Jean-François se débat contre la masse poudreuse qui le submerge, cherchant de l'air au milieu du vacarme ouaté.

Ou bien la paroi fragile n'a pas encore retrouvé son équilibre, ou bien c'est l'effet des ruades furieuses du garçon, quelque chose cède sous ses pieds.

Jean-François fait une chute de plusieurs mètres, au milieu d'une coulée de neige qui heureusement amortit les heurts. Puis, il commence à glisser. Une longue glissade, sur une surface glacée cahoteuse.

Jean-François écarquille les yeux, aveugle dans l'obscurité complète, criant à tue-tête sans s'en rendre compte. Il essaie de se stopper avec ses mains et ses pieds. Mais la pente est trop raide. Il se sent bousculé de toutes parts comme le boyau tourne. Il se protège tant bien que mal le visage avec les mains.

Enfin, après un temps indéterminé, quelques secondes peut-être ou bien une éternité, lui semble-t-il, la pente s'adoucit. Insensiblement, sa glissade ralentit. Puis, enfin, il s'immobilise.

Le vacarme a cessé. Seul l'écho d'un sourd gémissement résonne dans l'obscurité. Jean-François, conscient soudain de son cri, se tait. Le silence tombe dans le noir. Ou presque. Le cœur bat à se rompre. Les poumons soufflent et halètent. Le corps tressaute, en sueur, malgré le froid. Jean-François sent la panique le gagner. Il est emmuré vivant, Dieu sait à quelle profondeur !

8

Tunnels

Se calmer. Respirer.

De toutes ses forces, Jean-François essaie de se maîtriser. Tout jeune, il a connu des épisodes tumultueux, avant d'apprendre à s'adapter au monde. Des psys l'ont examiné comme un oiseau rare. On lui a appris à se concentrer sur sa respiration, pour se calmer.

Enfin, une illumination lui vient. Littéralement. Il n'est pas habitué à toutes les commodités offertes par le téléphone portable. Il y a une fonction lampe de poche. Finalement, ces bidules ont leur utilité.

La lueur repousse légèrement les ténèbres autour de Jean-François.

Il se trouve dans une espèce de tunnel. Autour de lui, de la neige éparse, des glaçons détachés, les restes de l'avalanche qui l'ont accompagné dans sa chute. Il se redresse à genoux, c'est trop bas pour se tenir debout.

Les parois sont relativement lisses, du roc sombre couvert de plaques de glace. Jean-François essaie de réfléchir. Raisonner le rassure toujours. Peut-être s'agit-il d'un boyau d'écoulement naturel des eaux, comme il s'en forme sous les glaciers. Ou bien une cheminée, un ancien passage volcanique. Possible, car il y a des volcans en Antarctique. Ça expliquerait aussi la température ambiante, froide, mais moins glaciale qu'on s'y attendrait.

Jean-François compose fébrilement le code du navire sur son portable. Aucun signal. C'est trop profond. Il y a trop de roc et de neige au-dessus de lui.

À quatre pattes, en se tortillant et en s'arc-boutant contre les parois glissantes, Jean-François tente de remonter la pente. Jusqu'à ce que la lueur déclinante du téléphone révèle un spectacle déprimant.

L'avalanche a obstrué le passage. Jean-François s'attaque à la masse poudreuse avec ses mains.

Finalement, la lumière s'éteint. Plus de jus. Frénétiquement, Jean-François continue de s'esquinter des pieds et des mains sur l'obstacle.

Une coulée froide de neige et de glaçons dégringole dans son cou, avec un bruit sourd.

Jean-François se tasse sur lui-même, craignant d'être enfoui vivant, cette fois. Non, plus rien ne bouge. Prudemment, il tâte au-dessus de lui dans le noir. La masse qui obstrue le passage semble s'être compactée encore davantage. Impossible de passer.

Jean-François pousse un long soupir et s'affaisse par terre dans l'obscurité.

L'angoisse le gagne. Il triture nerveusement le foulard que lui a donné Jennifer. Un de ses derniers liens avec la surface.

Se calmer... Respirer...

En plus du contrôle de la respiration qu'on lui a appris, Jean-François a aussi développé un truc personnel.

Compter... Visualiser...

Il récite la série des nombres premiers. Ça l'aide à se concentrer...

2... 3... 5... 7... 11... 13... 17...

C'est apaisant, un peu comme la litanie des noms d'oiseaux, mais encore mieux. En effet, depuis toujours il associe spontanément des couleurs aux chiffres. Certaines personnes ont ce talent. Daltonien, il visualise ses propres nuances. Pour lui, le 2 est d'un jaune mat. Le 3 est bleu ciel, lumineux. Le 5, bleu foncé, solide. Le 7, de sourdes pulsations de blanc. Le 11, deux barres de pointillés effervescents... Ça le rassure, ces couleurs

intérieures. Ça contrecarre le noir extérieur, d'une certaine façon.

... 59... 61... 67...

Peu à peu, il respire plus régulièrement. Il réfléchit, tandis qu'une autre partie de son esprit continue à compter automatiquement. Ce tunnel va peut-être remonter plus loin. Les anciens volcans peuvent avoir des cheminées secondaires. Ou d'autres orifices, si c'est un puits d'écoulement des eaux. Exercer sa logique le réconforte, encore.

... 113... 127... 131...

Il se retourne et, à tâtons, il s'engage de nouveau dans le boyau. Focaliser sur l'action est rassurant aussi. Ça évite que l'esprit vagabonde et s'affole. À quatre pattes, avec précaution à cause des parois glissantes, le garçon progresse lentement dans l'obscurité totale.

... 197... 199... 211...

La galerie s'élargit un peu. Est-ce un bon signe ?

... 337... 347... 349...

Parfois il peut se relever, avancer debout à tâtons. D'autres fois il doit encore se faufiler à quatre pattes. C'est épuisant. Tout son corps est endolori, à demi engourdi par le froid.

... 619... 631... 641...

Le tunnel est plus ou moins horizontal pendant un moment. Puis ça monte. Bravo ! Il va peut-être se retrouver en surface.

... *751... 757... 761...*

Non, ça redescend, encore plus longtemps. Décourageant !

... *823... 827... 829...*

Il suit toujours le noir tunnel glacé, comme un automate. La fatigue l'envahit.

... *983... 991... 997.*

Voilà ! Il est arrivé au bout des 168 nombres premiers inférieurs à mille. Il les a appris par cœur. Il y en a une infinité d'autres. Des formules existent pour les calculer. Mais Jean-François est trop fatigué pour ça.

Il secoue la tête, essaie d'entreprendre une autre liste. Les espèces d'oiseaux qu'il a observés au cours de la croisière ? Mais les idées se brouillent dans sa tête. Insensiblement, son esprit dérive. D'autres images meublent l'obscurité. Des flashes incongrus, des rapprochements désordonnés.

La dernière nuit, avec Jennifer. Ses cheveux sont roux, paraît-il. Mais, sous les taches de rousseur, son corps magnifique est lisse et blanc... Blanc comme l'iceberg étincelant qui se précipite sur l'orgueilleux *Lion de mer*... Fin de l'aventure pour le malheureux Arthur

Gordon Pym, perdu en mer dans le brouillard blanc de l'océan Antarctique, alors que résonne un cri lugubre, *Tekeli-li ! Tekeli-li !...*

Jean-François s'immobilise, tiré brusquement de sa rêverie par... une vague lueur au loin, intermittente. Il écarquille les yeux dans le noir. A-t-il la berlue ?

Il poursuit sa progression dans cette direction, péniblement, à tâtons. Il sent sous ses gants que la consistance de la glace ramollit sur les parois. Puis, ses bottes pataugent dans un filet d'eau glacée. Un ruisselet souterrain, qui coule vers les lueurs évanescentes.

Enfin, il débouche dans une salle plus vaste.

Son cœur fait un bond. Il étouffe avec sa main un cri de panique.

Des feux follets ! Des fantômes !

Des lueurs clignotantes ondoient au sommet de la caverne.

Jean-François place le poing sur sa poitrine et se force encore une fois à respirer calmement.

Idiot ! se morigène-t-il. *Du calme !*

Une peur irrationnelle. Il doit être bien fatigué, songe-t-il, pour réagir ainsi. Le garçon se force à réfléchir. Il y a toujours une explication rationnelle. Sauf pour les comportements humains, bien sûr.

Il scrute intensément les étincelles qui virevoltent d'une pointe rocheuse à l'autre. Jean-François grimpe sur un rocher, tend hardiment la main vers une des lueurs les plus basses. Il sent un picotement sur sa peau, la lueur saute vivement vers la poche de son pantalon et se dissipe aussitôt. De l'électricité, attirée par le métal du téléphone. Des veines métalliques doivent courir aussi sur les parois.

Jean-François respire plus librement. Soulagé. Il a compris. Ce doit être quelque chose comme le feu Saint-Elme. Un phénomène électrique qui survient parfois au sommet des mâts des navires, par exemple. Tintin décrit ce phénomène au capitaine Haddock, quand son piolet étincelle dans la bande dessinée *Tintin au Tibet*. Et dans *Le Sphynx des glaces*, un roman de Jules Verne qui se veut une suite aux aventures de Pym, il est question de neige électrique et d'aimants géants en Antarctique.

On n'est pas très loin du pôle Sud, ici. Peut-être que les lignes de force du champ électromagnétique terrestre qui convergent aux pôles engendrent ces effets sous terre.

Satisfait de son raisonnement, Jean-François examine avec plus de détachement les étincelles intermittentes. L'électricité statique ondule entre des affleurements rocheux et les glaces, au sommet irrégulier d'une salle souterraine. Ce très faible éclairage, inespéré, lui permet au moins d'examiner son environnement immédiat.

Le ruisseau glacé qu'il a suivi en rencontre d'autres et s'élargit. Dans un méandre, Jean-François fait une nouvelle découverte qui le frappe de stupeur.

Échoués sur une plage de graviers, reposent des fragments de bois vermoulus, quelques morceaux de métal rouillés et, enlisée dans la vase, une grosse barque de bois, apparemment intacte.

Mais ce qui laisse Jean-François pantois, c'est l'homme qui le contemple dans la pénombre.

Arthur Gordon Pym !

Le roman d'Edgar Allan Poe se termine abruptement quand le héros est emporté dans sa barque aux abords du pôle Sud.

Il l'a retrouvé !

Jean-François reste figé plusieurs minutes, à contempler la silhouette en haillons, immobile.

Comme dans *Le Sphinx des glaces*, la suite imaginée par Jules Verne. On retrouve finalement les restes squelettiques de Pym, un cadavre à la longue barbe et aux ongles

crochus, resté prisonnier des forces magnétiques polaires.

— Monsieur... Pym ? éructe péniblement
Jean-François.

Au son de sa voix, quelque part au creux
du cerveau harassé de Jean-François, un fond
de logique reprend le dessus.

Imbécile, se dit-il.

La silhouette de l'homme se dissipe, pour
faire place à un reste de mât garni de lambeaux de voiles.

*Une hallucination... j'ai besoin de récu-
pérer un peu*, songe-t-il.

Jean-François s'assoit lourdement par
terre. Il grimace en réalisant que ses pé-
régrinations dans le noir et le froid... et le
stress aussi, il doit bien se l'avouer, ont sé-
rieusement entamé sa résistance. Il a faim.
À quand remonte son dernier repas ? Il ne
porte pas de montre, une autre de ses lubies.

Jean-François fouille dans ses poches.
Par bonheur, il y trouve un reste de barre
granola, un peu détrempée. Il enlève ses
gants pour défaire l'emballage et engouffre
la collation en deux bouchées.

Puis, il contemple longuement les vestiges
misérables devant lui, où ne se cache aucun
héros de roman.

Que faire ?

Jean-François tâte la barque... et tout se déglingue ! La partie avant se détache de la partie arrière ensablée et pourrie.

Il ne parviendrait jamais à remonter par le chemin où il est arrivé. Tout est bouché, glacé, noir, froid... Jean-François frotte entre ses doigts l'écharpe de Jennifer, tout en réfléchissant.

Que faire ?

Ces morceaux d'épave semblent assez anciens. Mais, d'une façon ou d'une autre, il y a ou il y a déjà eu une communication entre ici et la mer. Au-delà du méandre, le cours d'eau s'élargit, le courant s'accélère. Serait-ce une voie vers la mer, une façon de sortir d'ici ?

Jean-François examine l'avant de la barque, écarquillant les yeux dans la lueur blafarde des feux follets. Il pourrait caler cette vieille planche ici, chiffonner ce bout de voile dans les interstices... Ses doigts s'engourdissent, tout ça lui prend de longues minutes. Il adresse un sourire ironique au mât loqueteux, seule « présence » rassurante au fin fond de ce trou perdu.

— Tu me prêtes ta barque, Pym ? marmonne-t-il. J'ai pas le choix...

Quelques instants plus tard, Jean-François s'étend sur son radeau improvisé et le pousse dans le courant à l'aide d'un aviron de fortune.

Le cours d'eau ne retourne pas vers la mer, malheureusement. Il s'engouffre dans d'autres galeries, alternance de glaces et de roches. L'eau se fraie un chemin vers le bas, bien sûr. Toujours plus bas.

Jean-François sent ses derniers espoirs l'abandonner. Il jette un regard las au mât, son compagnon d'infortune.

— Tiens la barre, Pym... je suis trop fatigué.

Le cours d'eau grossit, alimenté par des eaux de ruissellement, rejoint par d'autres affluents souterrains. Combien de temps Jean-François se laisse-t-il porter ainsi par le courant, crispé sur son esquif délabré, plus ou moins délirant ? Difficile à dire. Il sombre dans un engourdissement progressif et somnole.

Des secousses réveillent Jean-François en sursaut. Un grondement terrible résonne autour de lui. Le jeune homme se jette en dehors de la barque par réflexe, sans trop savoir ce qui se passe.

Il patauge frénétiquement dans l'eau, alourdi par son parka. Heureusement, ce n'est ni profond ni très froid. Il prend pied sur des rochers.

Jean-François s'affale sur la rive, le souffle court. Où est-il ? Son piteux radeau a heurté des écueils. Il voit l'embarcation dériver un moment dans un coude du torrent, avant d'être reprise par le courant et de filer rapidement vers la source du grondement.

Il était moins une ! Un instant plus tard, les restes de la barque s'engagent dans un grand tourbillon, un vaste maelstrom comme celui qui a englouti le sous-marin *Nautilus*, dans *Vingt mille lieues sous les mers*, de Jules Vernes.

La barque s'engloutit sous les flots. Le tourbillon, avec un bruit de succion qui résonne lugubrement dans toute la caverne, s'engouffre sous des blocs cyclopéens fouettés d'écume.

Jean-François reprend ses sens, examine l'endroit où il s'est échoué. Il fait plus clair qu'auparavant, ici. Des lueurs courent sans arrêt au plafond, vertes, peut-être (pour autant qu'il puisse en juger), avec parfois de fugitifs éclats de bleu ou de jaune.

Aussi, il fait vraiment moins froid. L'air est lourd, dense, mais tout de même curieusement stimulant. Pression élevée en oxygène, postule un recoin de son esprit analytique.

Il n'y a plus de glace sur les parois rocheuses. Mais, ici et là, de curieuses plaques d'un gris argenté, légèrement phosphorescentes. Jean-François, très affaibli, se relève péniblement. Dans une flaque d'eau, à ses pieds, des formes luminescentes s'égaillent en tous sens. Le jeune homme pousse un cri de surprise.

— De la vie !

Oui, ce sont bien de petits êtres vivants, ici, sous les glaces du continent Antarctique ! Du plancton, ou de minuscules insectes. Jean-François attrape quelques larves translucides, en se servant de ses mains comme d'une épuisette. Affamé, il les porte goulument à sa bouche. Ça ne goûte que le froid. Il esquisse tout de même un sourire. De la vie, à ces profondeurs... Splendide ! Féérique ! Avec une joie enfantine, il contemple longuement le ballet lumineux des animalcules, fasciné.

Ce n'est pas si étonnant, au fond. La vie s'adapte à tout. Déjà, on a découvert des bactéries en profondeur dans les rocs antarctiques. Et s'il y a des bestioles, il doit y avoir une base à la chaîne alimentaire, des algues, ou des mousses...

Jean-François, un peu vacillant, tâte les plaques gris argenté sur les parois. Une substance gélatineuse lui reste sur les doigts. Des moisissures, ou des lichens. Il les porte à sa bouche. Dans l'état de faiblesse où il se trouve, il a besoin de manger, n'importe quoi.

Ça ne goûte pas grand-chose. Un arrière-goût minéral. Il continue à gratter la paroi et à se lécher les doigts, au risque de s'intoxiquer. Pas le choix. Un risque à prendre.

Plus loin, des volutes attirent son attention. Il croit d'abord que c'est l'écume du tourbillon, dont il entend le grondement incessant tout près. Mais c'est autre chose. Un filet de vapeur échappé d'une crevasse.

Le jeune homme s'approche en titubant. L'air est plus chaud, près des fumerolles. Il se laisse choir par terre et profite de cette miraculeuse tiédeur pour se laisser sécher.

Des sources de chaleur souterraines. Cette crevasse doit communiquer avec les entrailles de la Terre. Un frisson parcourt Jean-François. C'est fascinant. Et terrible. Jamais il ne parviendra à remonter. Comment va-t-il survivre ? Est-ce que cela vaut la peine de survivre ? Il contemple son écharpe et pense à Jennifer. Dommage, sa vie aurait pu prendre un autre tournant...

Les yeux fixés sur le maelstrom, il laisse des pensées noires tourbillonner en lui pendant un long moment. Puis, enfin, il relève le menton. Il est sans doute le premier être humain réel (nonobstant le fictif Pym) à parvenir ici. Il peut s'en enorgueillir. Il se doit au moins à lui-même de découvrir tout ce qu'il peut, pour sa propre fierté.

Jean-François se redresse et s'approche du tourbillon. Il paraît y avoir eu un effondrement, jadis. L'eau s'engouffre sous un amoncellement de gros blocs rocheux qui obstruent la galerie où il se trouve. Mais un peu à droite de la muraille rocheuse s'ouvre un nouveau passage. Il s'y engage.

Les parois sont humides et on entend derrière elles le grondement continuel de l'eau. Il arrive à un embranchement en Y. L'une des bifurcations est à demi effondrée. Il va passer outre, quand un détail attire son attention. Les lueurs intermittentes qui courent toujours sur les parois s'attardent dans un recoin, par terre. Ces cailloux... Jean-François les contemple dans la pénombre, incrédule. Les pierres rondes ne sont pas disposées au hasard. Elles forment une petite ellipse.

— C'est artificiel ! s'exclame Jean-François.

Excité, il se penche pour scruter la forme de plus près. Ça a l'air assez ancien. Il y a des signes de ruissellement autour des cailloux, du sable s'est accumulé, l'alignement est un peu déformé. Mais ça ne peut pas être l'effet du hasard. D'un côté de l'ellipse, les cailloux sont foncés ; de l'autre côté, ils sont plus pâles.

Jean-François se relève, pris d'un fol espoir.

— Ohé ! Il y a quelqu'un ? Ohé, ici...
i... i...

L'écho répercute sa voix. Jean-François se fige soudain. Il regarde avec anxiété autour de lui. Un autre romancier a aussi brodé sur le fameux cri entendu par Pym, *Tekeli-li ! Tekeli-li !...* H.P. Lovecraft, dans *Les montagnes hallucinées*, imagine de terribles créatures dans les profondeurs de l'Antarctique...

Foutaises. Fictions. Avec chaque fois plus de difficulté, Jean-François s'efforce de dominer la tension qui l'assaille depuis des heures. Il plisse les yeux. Ça semble un peu plus éclairé, à l'autre bout de la galerie à demi effondrée. Du côté où les cailloux de l'ellipse sont plus pâles. Jean-François se faufile dans cette voie, le cœur battant.

9

Lumiores, dodruches
et autres curiosités

Une fois l'affaissement à l'entrée franchi, la progression dans la nouvelle galerie s'avère assez facile. C'est un ancien bras du torrent, d'après les traces de cuvettes polies et les galets arrondis du fond. On entend le fracas d'une cataracte, toute proche. Des lueurs (vertes ?) clignotent sur les parois de façon irrégulière, comme un néon mal réglé. Ça s'intensifie progressivement. C'est assez hallucinant.

Enfin, Jean-François débouche « à l'air libre »... si l'on peut dire.

— Wow !

Abasourdi, Jean-François contemple l'espace immense, fabuleux, qui s'ouvre devant lui. Surplombant tout, une coupole glacée s'étend à perte de vue. Des nuages lumineux y scintillent, éclairant tout le panorama d'une lumière insolite. Ça ressemble à de vastes rideaux flottants, chatoyants, au drapé continuellement changeant. Le garçon se trouve sur un promontoire rocheux. Juste à côté, un cours d'eau bouillonnant débouche d'une galerie voisine. Le tourbillon refait surface ici, sous forme d'une chute d'eau impétueuse, qui dégringole d'une centaine de mètres entre des escarpements rocheux. La chute se jette dans une vaste étendue d'eau. Une véritable mer intérieure qui s'étend jusqu'à l'horizon. Un lac enfoui sous les glaces !

Jean-François, soufflé par ce paysage quasi irréel, s'assoit sur un rocher. Il contemple longuement le panorama. Autour du lac s'étend une lande rocailleuse, parcourue çà et là de crevasses qui laissent parfois échapper des fumerolles volcaniques. Mais, surtout, une végétation éparse à l'aspect inhabituel couvre cette plaine.

Jean-François, le cœur battant, sait qu'il va bientôt descendre examiner cela de plus près. Un nouveau monde l'attend. Il est un explorateur, un découvreur. Sauf que son nom ne figurera probablement jamais dans les livres d'histoire. Il risque plutôt de finir ici, tout seul.

Quoique... Jean-François songe à cette ellipse de pierre, qui indiquait le passage.

Mais ce signe avait l'air bien ancien. Autour du lac, il ne distingue ni huttes, ni fumée de feu de camp, ni aucun autre indice de la présence d'humains, préhistoriques ou évolués. Seulement une nature étrange et sauvage. Un autre naufragé perdu, jadis, quelque homologue de Pym dans la réalité, aurait-il disposé ces cailloux ? À première vue en tout cas, il ne subsiste aucune autre trace du passage d'êtres intelligents ici.

Le regard du jeune homme est attiré de nouveau vers les fascinants rideaux lumineux qui se déploient dans le « ciel ». Jean-François ne peut saisir toutes les nuances des couleurs. Mais il est attentif à d'autres détails, aux motifs, aux différences subtiles de contrastes. Il examine longuement ces féériques arabesques, avide de comprendre. Probablement un effet semblable aux étincelles fugitives observées dans les tunnels, extrêmement amplifié.

Ça ressemble à des aurores boréales, songe-t-il. *Ou plutôt des aurores australes, puisqu'on est près du pôle Sud.*

Il réfléchit. Oui, cela pourrait avoir une origine analogue. Les aurores australes ou boréales sont des phénomènes atmosphériques liés à l'interaction entre les vents solaires et le champ magnétique de la Terre. Mais certains rayons cosmiques sont très pénétrants, et les lignes de force du champ électromagnétique terrestre convergent aux pôles. Tout ça peut interagir avec les molécules d'air ou les traces métalliques emprisonnées sous les glaces.

D'où ces lumières, ces « aurores » intérieures, bien que le terme soit inapproprié.

Disons des « lumiores », décide Jean-François, fier de son explication et de sa découverte.

Le dôme glacé, quand on l'observe mieux à travers les lumiores, a une surface bosselée et inégale, avec des stalactites ici et là. Il n'est pas très élevé et s'incurve au loin pour rejoindre les eaux du lac. Cette extrémité du dôme semble abîmée, crevassée, et le motif des lumiores y est différent.

Mais un mystère à la fois. Jean-François a besoin de reprendre des forces. Il gratte les rochers, couverts d'une croûte de lichens plats ondulés, plus consistants que ceux de tantôt. Il mastique la substance coriace, pour la recracher aussitôt, un goût amer sur la langue. Non, décidément, il va falloir essayer de trouver quelque chose à manger en bas de cette falaise.

Alors, avec précaution, Jean-François Ferron descend vers les rives du grand lac sous les glaces. Le cœur battant, le jeune homme entreprend l'exploration de ce nouveau monde.

Des lichens de toutes couleurs et formes prolifèrent sur les parois. Près des fumerolles volcaniques, des plantes inconnues s'accrochent aux rochers, colonisent les fissures. Des tiges grêles surmontées de boules rosées forment des buissons denses dans les dépressions.

Subjugué, Jean-François fouille ses connaissances encyclopédiques en sciences naturelles. Il croit reconnaître des espèces apparentées à une flore primitive, des prêles longilignes atteignant deux fois sa taille, des lycopodes arbustifs, des cycadales aux allures de palmier nain... Il s'interroge, essaie de comprendre le fonctionnement de cet écosystème inconnu. Les lumiores fournissent-elles assez de lumière pour la photosynthèse ? Ou bien y a-t-il des interactions plus complexes, d'autres sources d'énergie, comme dans les abysses marins où des oasis de vie prospèrent autour des sources chaudes ? Il faudrait des années de recherche pour tout élucider !

Jean-François parvient aux abords des rives du lac. Il n'y a pas de vent, mais il sent parfois un léger frémissement sur sa peau, comme une vague de chair de poule. Ça correspond aux fluctuations des lumiores dans le « ciel », constate-t-il. Un phénomène électrique. Quel monde fascinant ! Les lumiores se reflètent sur le miroir du lac. Les eaux au large sont d'un gris métallique, opaques, sans vague, comme figées par le temps.

— Le Lac des glaces, marmonne Jean-François.

Le nom lui est venu spontanément. Fort probablement, jamais nul humain avant lui n'a contemplé cette nappe d'eau enfouie dans les profondeurs antarctiques. Le privilège de la nommer lui revient donc. Jean-François hoche la tête et sourit. Oui, le Lac des glaces, c'est bien le nom qui convient, décide le jeune découvreur, fier de lui.

À y regarder de plus près, ce lac n'est pas si figé que ça. Des filaments jaunâtres (des algues ?) ondoient sous l'eau. Des animalcules frétillent à la surface. Et même, à un moment donné, les flots ondulent et... un dos cuivré émerge au large !

Jean-François entrevoit une tête massive dotée d'un court museau. La bête se laisse flotter un moment, placide, puis replonge et disparaît. Jean-François, très excité, essaie d'interpréter ce qu'il a vu. Ce n'était pas un poisson. Plutôt un animal semblable aux « vaches marines », les lamantins, dugong, manatee... Il y a donc ici suffisamment de vie pour entretenir des chaînes alimentaires complexes.

Quelque chose de coloré le fait sursauter en passant vivement devant lui, avec un bourdonnement musical. Ce n'est pas un oiseau, plutôt un genre de grosse coccinelle bariolée. Eh bien, l'honneur de désigner les nouvelles espèces par un nom scientifique lui revient aussi, songe le garçon avec plaisir.

— Une coccinelle musicale... *Coccinella musica* !

D'autres bestioles s'agitent sur de gros monticules dressés sur la rive du lac. Des sortes de fourmilières. De petits insectes bleutés et luisants marchent de côté comme des crabes et sont munis d'un bec. Ils grouillent partout sur les berges.

— Aïe !

Ça pique, ces bestioles ! Jean-François s'écarte prudemment, plus fasciné qu'agacé. Cet endroit est un paradis pour naturalistes. Il y aurait tant d'espèces à étudier ! Il note mentalement :

Ajout à la nomenclature : des crabes-fourmis piqueurs qui tissent des grands cocons... disons des « Cramis tête de pioche », pas sûr de la traduction latine !

Soudain, du coin de l'œil, Jean-François perçoit autre chose. Son défaut de vision, le daltonisme, peut présenter des avantages. Il est attentif aux contrastes, aux détails. Il a entendu dire que pendant la guerre, l'armée a même utilisé des daltoniens pour discerner des ennemis camouflés.

Il tourne vivement la tête. Plisse les yeux, fixe intensément un point, un groupe d'arbustes à bonne distance de là. A-t-il bien vu ? Son cœur fait un bond. Oui ! Il y a une présence, là-bas.

Quelqu'un marche au milieu de la végétation ! Il entrevoit deux jambes minces, une silhouette assez grande, portant une garniture de plumes... Un indigène ?

Vivement, Jean-François se cache derrière un rocher. Est-ce le mystérieux auteur de l'ellipse de pierre ? Il veut savoir à qui il a affaire avant d'appeler, cette fois. Voir avant d'être vu.

Le jeune homme s'avance à pas feutrés, en se dissimulant. Il se déplace très lentement, mais les idées s'entrechoquent dans sa tête. Que va-t-il lui dire, à ce représentant d'un monde inconnu ? Sera-t-il... pacifique ?

Enfin, Jean-François aperçoit la créature. Il est à la fois déçu et soulagé.

Le bipède est en train de gober des fruits rosés. Ce n'est pas un être humain. Ni même un mammifère, en fait.

Un grand oiseau !

Jean-François secoue la tête, dépité. Il a mal vu, ou bien la fatigue lui trouble encore l'esprit. Mais son enthousiasme se rallume aussitôt. C'est un oiseau comme il n'en a jamais vu, un oiseau qui ne figure certainement sur aucune liste ornithologique connue. Une nouvelle espèce, encore !

L'animal a des ailes atrophiées et de grandes pattes. Il dépasse le garçon d'une tête. Ça ressemble un peu à une autruche, mais avec un cou plus épais, un corps plus dodu, un bec courbé...

— Un dodo ! s'exclame Jean-François.

L'oiseau se retourne avec vivacité. Il fixe l'intrus, émet une sorte de raclement, puis s'éloigne, l'air plus ennuyé qu'inquiet.

Jean-François a déjà vu des images de dodo, un oiseau disparu autrefois par la faute des chasseurs humains. Cette créature-ci est plus grande, mais elle a bel et bien un air de famille avec le dodo, ce doit être une espèce apparentée.

Est-ce que ce milieu fermé a été en communication avec l'extérieur à une époque lointaine ? Jean-François sait que l'Antarctique a connu jadis un climat plus clément et une vie luxuriante alors que ces terres faisaient partie d'un supercontinent nommé Gondwana. Ensuite, avec la dérive des continents, l'Antarctique s'est retrouvé couvert de glace. Que sont devenues les espèces présentes à l'époque ? Se seraient-elles réfugiées ici ? Est-ce que l'évolution aurait suivi un cours différent, dans ces profondeurs coupées du reste du monde ?

L'imagination de Jean-François s'enflamme. Il découvert un véritable *Monde perdu*, comme le professeur Challenger dans le roman de Conan Doyle !

Encore une fois, c'est son privilège de découvreur de nommer cette nouvelle espèce. Un oiseau à mi-chemin entre le dodo et l'autruche... Il cherche vainement dans sa mémoire les noms scientifiques correspondants, et improvise :

— Un « Dodruche », lance-t-il. *Dodus truchus janusfranciscusferroni*

Jean-François éclate d'un rire tonitruant, enchanté par sa trouvaille. Un autre dodruche détale d'un buisson avoisinant en poussant un raclement irrité. Ces oiseaux n'ont certainement jamais entendu un rire humain.

Jean-François va examiner le buisson aux tiges translucides, écartant au passage les fruits rosés.

De petites boules blanchâtres parsèment le sol. Seraient-ce des œufs ? L'estomac vide du jeune homme crie famine. Il se penche, tâte une des sphères, l'ouvre en deux... Pas de coquille, consistance pâteuse uniforme, odeur aigrelette... Il rejette les morceaux en grimaçant et se rince les mains dans une flaque. Des excréments !

Il décide plutôt d'essayer les fruits rosés qui semblent faire les délices des dodruches. Il en saisit un, bien bombé. Le fruit s'égrène sous ses doigts en une fine poudre rosée. Des spores ? Il lèche prudemment du bout de la langue la poudre dans sa main. Peuh ! Consistance râpeuse, saveur aigrelette, la même qui se transmet aux excréments... puis un arrière-goût de... Pouah, il recrache l'affreuse mixture aux relents de moisissure.

Il va bien falloir qu'il trouve quelque chose à manger, pourtant !

Poursuivant son exploration, il se dirige vers un « oasis » de verdure plus dense près d'une fissure volcanique. Derrière un bosquet, il découvre alors un attroupement de dodruches, en train de picorer des fruits rosés. Il y a des immatures, plus courts sur pattes et criards, qui gobent les fruits que les parents font tomber par terre. À sa grande surprise, Jean-François voit même de gros poussins duveteux, juchés sur les épaules de leur parent (père ou mère, il n'y a pas de différence évidente entre les sexes). Le parent se tord le cou pour leur enfoncer des fruits dans le bec.

Un peu plus loin, sous une rangée de grandes prêles, plusieurs dodruches semblent à demi enfouis. Seul leur grand cou émerge de dépressions alignées dans le sol. Plusieurs oiseaux vont et viennent pour se nourrir, quittant momentanément leur trou.

Des nids ? Alors il pourrait y avoir... des œufs ! Mais le jeune homme fronce les sourcils, en examinant de plus près l'arrangement de la végétation environnante. Les taillis de lycopodes et les rangées de grandes prêles ne semblent pas tout à fait disposés au hasard. Est-ce qu'il n'y a pas... des alignements ? Des délimitations comme dans... un enclos ?

Jean-François, le cœur battant, songe aussitôt au passage qu'il a emprunté plus tôt, indiqué par une ellipse de pierre. Ce troupeau d'oiseaux aurait-il... des éleveurs ? Jean-François regarde en tous sens, mais il ne voit aucun signe d'autres créatures. Le jeune homme tâte son ventre vide. Tant pis, il a trop faim. Il se faufile sous un taillis de lycopodes et s'approche prudemment, tous les sens en alerte.

Il doit contourner le troupeau de dodruches. Heureusement, les adultes ne semblent pas lui prêter d'attention particulière, pour autant qu'il ne les dérange pas. Seuls les immatures poussent des raclements quand il s'approche trop près.

Il parvient à un nid inoccupé. Il se penche au-dessus de la dépression, couverte de paillis. Et retient un cri de joie.

Oui ! Trois beaux gros œufs, un peu allongés, d'un bleu pâle moucheté de noir.

Vite, avant que le parent revienne, il en chipe un et court se mettre à couvert. Dissimulé sous les lycopodes géants, il examine sa prise. La coquille est assez coriace. Il la casse avec un caillou. Pas de poussin à l'intérieur. Mais un liquide visqueux, du blanc et du jaune d'œuf. Il le lèche du bout de la langue. C'est délicieux !

En deux temps, trois mouvements, il engloutit le contenu de l'œuf de dodruche. Son ventre affamé en exige davantage. Un scrupule lui vient. Les explorateurs de jadis, inconscients et voraces, ont exterminé les dodos. Mais il secoue la tête. C'est différent, un cas de force majeure, il doit survivre. Il décide tout de même, par acquit de conscience, de faire son prélèvement dans un autre nid.

Jean-François examine la rangée de nids, bien alignés. Il repense à la couche de paillis, soigneusement disposée au fond des trous bien réguliers. Est-ce seulement l'œuvre des oiseaux ? L'idée des éleveurs revient le chicoter. Tant pis, toujours personne en vue, il va redoubler de prudence.

Jean-François localise un nouvel emplacement inoccupé. Il se dirige rapidement vers la fosse. Bingo ! Encore trois œufs. Les parents sont négligents, songe Jean-François. Ou, plus simplement, ils n'ont pas l'habitude des prédateurs, et le sol tiédi par les vapeurs volcaniques agit comme couveuse naturelle. Jean-François, l'eau à la bouche, saisit prestement un nouvel œuf.

Soudain, quelque chose change dans l'attitude des oiseaux. Ils dressent tous le cou, simultanément, pointent le bec vers l'horizon. Jean-François suit leur regard. Ils fixent cet endroit qu'il a déjà remarqué, au loin, où le dôme de glace semble fendillé. Les lumiores virevoltent plus vite, selon un curieux motif concentrique, comme une cible. N'y a-t-il pas un son, aussi, venant de cette direction ? Jean-François n'en est pas certain, c'est très aigu, à la limite de son audition. Peut-être les oiseaux y sont-ils plus sensibles.

Les volatiles s'agitent. Le troupeau se rapproche des nids. Les adultes piétinent le sol, ou tournent en rond nerveusement. Ceux qui n'ont pas le bec en l'air appellent leurs petits, ou regagnent leur nid.

Un gros spécimen s'approche de Jean-François. Il se met à caqueter bruyamment. Jean-François, l'œuf entre les mains, se sauve en direction opposée. Mauvais réflexe.

Les caquètements, les raclements s'amplifient. Des oiseaux font cercle autour de l'intrus. Jean-François dépose l'œuf par terre, essaie de se faufiler entre les volatiles qui l'encerclent. Malencontreusement, il en bouscule un au passage. Un parent portant un petit sur son dos. Le poussin dodu tombe par terre en poussant des piaillements aigus. L'adulte émet un râle profond, détend son cou à la vitesse de l'éclair, et assène un violent coup de bec dans le dos de Jean-François.

Le jeune homme tombe à genoux. Il se redresse aussitôt, poussé par l'adrénaline, court droit devant lui... et trébuche sur un autre oiseau. Un immature qui pousse des raclements furieux et se dégage en assénant de vigoureux coups de patte.

Concert de râles partout autour, plumes qui voltigent, piaillements aigus... Une onde de panique gagne les volatiles. Tout le troupeau s'ébranle. Les oiseaux courent en désordre, piétinant les buissons de moisissures roses qui éclatent en nuages de spores autour d'eux.

Jean-François court au milieu de la cohue, le foulard vert flottant à son cou. Assourdi par les cris, il hurle lui-même sans s'en rendre compte. Il court pour sa vie, car il sait que s'il s'arrête il sera piétiné. Il devine la rive du lac à travers le nuage de poussière, de duvet et de spores soulevé par les volatiles. Il tousse, à demi suffoqué. Un point lui vrille le côté.

Tekeli-li ! Tekeli-li !

Jean-François a l'impression d'entendre des sifflements derrière lui, dominant la cohue. Peut-être n'est-ce qu'une illusion. Mais le troupeau en débandade ralentit, incurve sa course, évite les berges du lac.

Jean-François, étourdi et aveuglé par la poussière, poursuit sur sa lancée un instant et... va emboutir de plein fouet un monticule dressé près de la rive. C'est flexible, par bonheur. Une texture fibreuse, qui s'enfonce et se déchire partiellement sous lui.

Jean-François, affalé par terre, tente de reprendre son souffle. Mais il ressent tout de suite une première piqure.

— Aïe ! Que... Aïe ! Aïe !

Les défenseurs au bec acéré passent à l'attaque. Des dizaines, des centaines de bestioles bleutées courent de côté partout sur son corps, cherchant une ouverture, une parcelle de peau à travers ses vêtements.

Les cramis têtes de pioche ! Comble de malheur, le garçon vient d'enfoncer une de leurs colonies !

Jean-François se débat, se secoue, se roule par terre en hurlant. Au cœur de sa panique, la dernière parcelle logique de son esprit perçoit un mouvement du coin de l'œil. Un grand dodruche se dirige droit vers lui. Il y a quelqu'un sur son dos. Pas un poussin. Une autre créature chevauche l'oiseau. L'être velu se penche vers le jeune homme.

Tekeli-li ! Tekeli-li !

Jean-François, épuisé, vaincu, tourne de l'œil.

Troisième partie

LE MONDE DU LAC DES GLACES

10

Le prisonnier

Eliî examinait le démon avec stupéfaction. Impulsivement, elle l'avait tiré des becs des îiisss après qu'il eut saccagé leur cocon. Il ne réagissait plus, mais sa poitrine se soulevait encore. Il était vivant.

Pourquoi l'avait-elle sauvé ? Eliî n'y avait guère songé sur le coup. La curiosité, sans doute. Les aînés du peuple Kèi parlaient des démons d'En-Haut depuis si longtemps ! Celui-là ne semblait pas si effrayant. Plus grand qu'elle, d'accord, mais l'aspect général était plus pitoyable qu'imposant. Un pelage rachitique, terne, limité au crâne et à quelques poils au bas de la gueule. Pas de museau, un facies affreusement plat. Une sorte de seconde peau, froissée, sale et déchirée à plusieurs endroits. Pas de queue, ni de griffes ou de crocs visibles, les muscles peu marqués... Drôle de créature, l'air infirme.

Le troupeau de dredes avait retrouvé son calme. Eliî sortit un pipeau de sa poche ventrale. Elle siffla en direction d'un des oiseaux, un son qui rappelait le cri d'un poussin. Le drede s'approcha docilement et s'accroupit. Eliî installa avec difficulté le long corps inerte du démon en travers des épaules de l'oiseau. Puis, elle siffla sa propre monture et y grimpa prestement.

Suivie de la bête de somme, Eliî se dirigea vers un promontoire rocheux, qui masquait une petite baie où était amarré un bateau. Eliî aperçut quelqu'un chevauchant à toute allure dans sa direction. Litiû, un jeune mâle qui l'accompagnait pour la récolte.

Litiû se trouvait à bord de l'embarcation, en train de charger des œufs, quand les volatiles avaient commencé à s'agiter. Laissant le vieux Tehiû'lé sur la rive, Eliî s'était précipitée vers le troupeau pour contrôler la débandade.

Litiû émit un sifflement bref pour stopper sa monture à quelques pas de celle d'Eliî. Ses grands yeux ambrés, ses oreilles mobiles, puis ses odeurs corporelles, exprimèrent d'abord son soulagement de retrouver la jeune femelle, puis sa stupéfaction à la vue du démon. Les Kèiîû n'avaient pas besoin de beaucoup de paroles. Leur langage sifflé s'accompagnait de multiples compléments non verbaux.

— Qu'est-ce que c'est que ça ? souffla-t-il avec un mélange de peur et de dédain.

Elle lui expliqua en quelques sifflements comment le démon était apparu après l'appel dans le ciel, avait fait paniquer le troupeau, puis avait failli être victime des îiisss.

— Tu aurais dû laisser les bestioles nous en débarrasser, fit-il. Qu'est-ce que tu veux en faire ?

— Tehiû'lé voudra certainement l'examiner.

Litiû étudia le démon inerte de plus près, sans cacher son mécontentement. D'accord, il fallait conférer avec l'aïeul. C'était stupéfiant de découvrir ici un envoyé de l'extérieur. Mais des précautions s'imposaient.

Litiû mit pied à terre. Il arracha de longues lanières aux tiges de prêles et ligota le démon toujours inconscient. Puis, les deux Kèiîû et leur bête de trait repartirent de concert en direction du bateau.

L'aîné se morfondait sur la rive du lac. Le son déchirant dans le ciel avait cessé peu après la débandade du troupeau. Les oreilles pointées, Tehiû'lé guettait le retour des deux jeunes, très inquiet. Enfin, il perçut le trot rythmé des dredes, puis l'ombre des cavaliers.

— Tout est bien ? Où est passé le démon ?

— Je le ramène, siffla Eliî avec excitation.

Le vieillard écarquilla ses yeux aveugles et laissa échapper une bouffée de pure terreur.

— Il est inconscient et bien attaché, le rassura aussitôt Litiû.

En quelques sifflotements, la petite Kèiî expliqua ce qui s'était passé. Litiû saisit le grand démon affalé en travers de la monture et le fit glisser sans ménagement par terre. L'affreuse créature gémit, éructa quelques sons incompréhensibles, entrouvrit les yeux et les referma aussitôt.

Tehiû'lé, frémissant, s'approcha un peu. Il huma l'air avec précaution. Le démon ne sentait pas grand-chose, en tout cas rien de familier. L'aïeul plissa les yeux, frustré de ne percevoir qu'une vague forme affaissée par terre. Eliî lui décrivit longuement l'étrange créature. Tehiû'lé hochait la tête, stupéfait. Ça correspondait plus ou moins à ce que lui ou d'autres avaient aperçu brièvement en surface, jadis, avant que le passage ne soit bloqué.

Plus tard, les démons avaient envoyé jusqu'ici le Croc noir, qui transmettait leur appel lancinant et menaçait de fendre le ciel. Aujourd'hui, un démon descendait d'En-Haut en personne. Dans quel horrible but ?

— Il faut le montrer aux Mères du peuple, dit Eliî, demander leur avis.

Les deux mâles acquiescèrent à contrecoeur.

— D'accord, dit Litiû, ramenons-le sur Zèouês. Mais sans prendre aucun risque.

Le Kèiû fit saillir ses griffes médianes et tâta le prisonnier avec précaution. Il resserra un peu ses liens. Puis, avec une grimace de dégoût, il traîna le grand démon jusqu'au bateau. Le jeune mâle peinait sous l'effort, mais il était costaud... et orgueilleux.

— Ssst ! persifla-t-il, il est tout mou !

Litiû franchit une passerelle de joncs ligneux jetée entre la rive et l'embarcation. Il s'agissait d'une structure aux formes balourdes, fermée, percée de quelques ouvertures ici et là. Son aspect et sa texture fibreuse révélaient son origine, des cocons séchés d'îiisss soigneusement tressés ensemble.

Le Kèiû franchit une trappe avec son fardeau. L'intérieur du cocon flottant comportait plusieurs grandes alvéoles, remplies pour la plupart de la récolte d'œufs du jour. Litiû déposa le démon dans une alvéole libre à l'arrière. À l'aide d'une liane supplémentaire, il assujettit ses liens à un anneau fibreux intégré à la coque.

Eliî et Tehiû'lé se hâtèrent de charger à bord quelques beaux coquillages et du miel d'oouss. Ils avaient trait les gros insectes bariolés au vol musical juste avant l'apparition du démon. Sur la berge, une série de pieux surmontés de gousses creuses tenaient lieu de ruches pour ces insectes domestiques. Eliî les attirait en imitant leurs trilles tandis que l'aïeul pressait leur abdomen pour en extraire le suc aromatique.

Enfin, tout fut prêt pour appareiller. Les deux mâles se postèrent à l'avant de l'embarcation. Litiû releva un rabat imperméable, découvrant une ouverture pratiquée dans la proue au-dessus de la ligne de flottaison. Tehiû'lé saisit un long chalumeau, se pencha vers l'extérieur et trempa le tube dans l'eau. Il se mit à y souffler, selon un rythme précis, provoquant un flux de bulles dans les flots.

Un long dos fuselé émergea au large. Puis une grosse tête avec une grande lèvre mobile. Le bœuf lacustre émit un meuglement, fit onduler sa large queue et, brassant l'eau de ses nageoires aplaties, il se dirigea vers l'esquif. Tehiû'lé cessa de siffler dans son chalumeau. Il tendit la patte et flatta les poils épars de l'animal. Celui-ci ouvrit une gueule béante. Litiû se tenait prêt. Il déversa dans la gueule la moitié du contenu d'une calebasse, une demi-ration de rihiîr. L'autre moitié serait distribuée à l'arrivée, le bœuf le savait. Litiû passa un harnais autour de la bête de trait.

L'autre extrémité du harnais était reliée à un éperon rigide à la proue du bateau. Les courroies se tendirent. Lentement, le bœuf lacustre se mit à haler l'embarcation.

Les eaux peu profondes étaient encombrées de zèiîss, des larves voraces perpétuellement en chasse. Mais la peau épaisse du bœuf ne leur offrait aucune prise. Et la coque fibreuse de l'esquif était imperméabilisée à l'huile de rihiîr, qui repoussait la majorité des bestioles indésirables. Enfin, on gagna le large.

Les Kèiîû exploitaient les berges sans y habiter. La vermine qui y proliférait les rebutait, de même les fumerolles irritantes pour leur odorat délicat. L'archipel de Zèouês s'avérait plus hospitalier.

Cet archipel n'occupait pas une position fixe. Il laissait dans son sillage une piste odorante que le bœuf lacustre suivait sans hésitation, même extrêmement diluée dans les eaux du lac immense. On pouvait atteindre Zèouês à la seule force des nageoires du bœuf. Mais la bête de trait était assez lente. Il y avait moyen de l'aider.

Tehiû'lé releva le museau vers le ciel. Il ne voyait rien, ou presque. Par contre il sentait les vaguelettes d'électricité statique soulever son pelage, spécialement les pointes sensibles sur ses épaules. La direction était favorable.

— Nous pouvons lancer une voile, je le sens.

Litiû n'avait pas encore une aussi grande sensibilité. Sa crinière scapulaire se gonflait à peine. Confiant dans l'expérience de son aîné pour détecter les courants, il saisit la voile et la lui tendit.

Cette « voile » consistait en un filin relié à un anneau fibreux, où était incrustée une poudre de cristaux métalliques argentés.

Tehiû'lé tendit la patte vers l'extérieur. D'un geste sûr, il fit tournoyer l'anneau dans les airs, au bout du filin. Il y eut comme un sursaut dans les flux lumineux qui couraient sur la coupole glacée. Un filament d'étincelles descendit en crépitant vers l'anneau, virevolta avec lui. L'anneau s'éleva, attiré par d'autres filaments lumineux dans le ciel de glace. Le filin qui le retenait se tendit, exerçant une traction sur l'éperon du bateau, où il était fixé. Le bœuf de trait, soulagé d'une partie du poids à traîner, accéléra l'allure. L'embarcation prit de la vitesse.

Il y avait moyen, jusqu'à un certain point, d'orienter l'action de la voile, en modifiant l'angle du filin et la hauteur de l'anneau. Tehiû'lé sentait la moindre modification des forces agissant sur la voile, à travers les courants qui se transmettaient jusqu'à ses paumes sensibles.

Litiû, se fiant au vieillard, retourna à l'arrière du bateau. Eliî surveillait le démon ligoté. Il n'avait toujours pas repris conscience. Mais sa poitrine se soulevait à un rythme lent, régulier. Est-ce qu'un démon pouvait dormir ?

Litiû, en tout cas, avait sommeil. La journée avait été rude, avec tous ces œufs à récolter. Il vérifia encore une fois les liens du démon. Puis, rassuré, il alla se pelotonner en boule dans l'alcôve commune, au centre de l'embarcation.

— Tu viens dormir ? siffla-t-il à l'adresse d'Eliî.

Quel que soit leur âge ou leur sexe, tous les Kèiîû avaient l'habitude de sommeiller ensemble, autant que possible. Il était toujours réconfortant de partager sa chaleur corporelle entre congénères du peuple Kèi. Rien à voir avec la reproduction, limitée à des périodes bien précises, et sans couples fixes. Eliî, d'ailleurs, n'était pas encore pubère. Quant à Litiû, né un cycle de gestation plus tôt, le rituel de passage à la vie adulte pour sa génération avait été retardé, à son grand déplaisir. Le Croc noir venu d'en haut chamboulait toutes les traditions.

— J'arrive, siffla Eliî, dans un instant.

La petite femelle restait accroupie devant le prisonnier inerte, fascinée de contempler un véritable démon. Il était très laid. Il avait le visage marqué de coups de bec des îiisss. Les paupières enflées et larmoyantes. Les joues creuses. Le pelage hirsute sur la tête. Une odeur fade.

Le démon s'agitait dans son sommeil. Il clignait des yeux. À une ou deux reprises, il avait marmonné des sons incompréhensibles, de sa voix rauque et rêche. Il était sur le point de se réveiller, lui semblait-il.

Eliî avait raison. Un instant plus tard, le démon ouvrait de grands yeux étonnés.

11

La traversée

Jean-François referma vivement les yeux et se figea. La créature croirait peut-être qu'il s'était rendormi.

Les pensées se bousculaient dans la tête du jeune homme. Il se força à respirer lentement, prit le temps de visualiser cinq nombres premiers supérieurs à 500.

Il essaya d'analyser son environnement. Il reposait sur une surface flexible, sous laquelle on sentait nettement des ondulations liquides. Ses mouvements étaient entravés. Tout son corps était douloureux. Il sentait sa bouche sèche, ses yeux enflés. Il se rappela sa course entre les dodruches, la poussière et les spores suffocantes, les piqures des cramis. Il réprima un frisson. Où était-il ? Qu'était-il arrivé ?

Jean-François entrouvrit très légèrement les yeux. Il se trouvait dans un espace clos.

Un peu de lumière extérieure filtrait à l'avant. Les parois avaient une texture souple et fibreuse.

Le jeune homme observa à la dérobée la petite créature accroupie devant lui. Son corps était couvert d'un pelage foncé, marqué d'un V blanc sur la poitrine. Elle avait une tête relativement large, de petits yeux gris inquisiteurs. Elle le fixait intensément, en fronçant le museau. Elle se doutait qu'il était éveillé, devina Jean-François. Il y avait de l'intelligence, dans ce regard. Il songea à l'ellipse de pierre, aux élevages d'oiseaux...

Jean-François ouvrit lentement les yeux, sans bouger le reste de son corps. Ils se regardèrent l'un l'autre un moment, intensément, sans rien dire.

La créature sifflota quelque chose. Ce n'était pas vraiment le *Tekeli-li !* de Poe ou de Lovecraft. L'esprit fatigué du garçon, conditionné par ses lectures récentes, avait été leurré par une vague similitude, sans doute. Le sifflement ne semblait pas agressif, mais comment savoir ?

— Où suis-je ? murmura Jean-François.

Les oreilles de la petite créature frémirent. Elle tourna la tête. Suivant son regard, Jean-François devina un être semblable, roulé en boule dans un renfoncement filamenteux. Il semblait dormir. Un troisième s'affairait plus loin, le dos tourné.

L'étrange endroit où ils se trouvaient, avec ses alvéoles fibreuses, évoquait un gros cocon. Un coqueron, aussi, à cause de l'odeur de renfermé et de l'encombrement.

Un... Cocron, songea Jean-François, jamais à court de mots.

Des œufs étaient empilés autour d'eux, de même que des coquillages et des contenants divers, tiges de prêle évidées, objets tressés... Du liquide clapotait dans une sorte de calebasse.

— J'ai soif, dit Jean-François. De l'eau, s'il vous plaît.

Ses mains étaient liées. Il essaya de sourire, pointa du menton la calebasse, en se passant la langue sur les lèvres.

La créature eut un mouvement de recul. Le langage non verbal n'était peut-être pas approprié.

— Eau, répéta Jean-François. Eau !

Il ouvrait la bouche comme un poisson hors de l'eau.

La créature agita la queue (nerveuse, indécise ?), puis se redressa. Elle ne faisait guère plus que la moitié de la taille de Jean-François. Elle s'approcha de la paroi fibreuse, d'une démarche sautillante. Elle était bipède ! Ses pattes arrière, légèrement arquées, étaient un peu plus courtes que les pattes avant.

La créature releva un rabat fibreux qui obstruait partiellement une sorte de hublot. Croyait-elle qu'il manquait d'air ?

Jean-François entrevit un bout de ciel et d'eau au-delà du hublot. Il se trouvait bien sur une embarcation. Ces êtres avaient une certaine civilisation. Étaient-ils belliqueux ? Pourquoi l'avaient-ils attaché ? Où l'emmenait-on ?

Dans son état d'épuisement actuel, toutes ces questions pouvaient attendre. Il devait d'abord faire comprendre qu'il avait faim et soif.

— Non ! fit-il en détournant la tête du hublot.

Elle siffla quelque chose en dodelinant de la tête.

— Eau ! répéta le garçon en pointant de nouveau le menton vers le récipient de liquide.

Enfin, elle posa une patte sur la calebasse de liquide.

— Oui ! Eau ! dit-il.

Elle siffla de nouveau en soulevant le contenant. Jean-François tenta maladroitement d'imiter le son.

— *Ziè*, fit-il. Eau !

— *Hô*, fit-elle

Elle porta le récipient à ses lèvres, avec quelque hésitation. Il but goulument. C'était bien de l'eau. Délicieusement fraîche. L'eau douce d'un lac enfoui depuis des milliers d'années sous les glaces de l'Antarctique.

Ils avaient réussi à communiquer. Eau = *Ziè*. Ce fut sa première leçon de cet étrange langage.

Un sifflement retentit.

La petite créature tressaillit, renversant un peu d'eau par terre. Elle retira la calebasse.

L'autre occupant de ce singulier entrepôt flottant s'était éveillé. Il se redressa vivement, fut en deux bonds aux côtés de la petite créature. Il était plus grand et plus costaud, couleur sable, un large V foncé sur le poitrail, les poils hérissés sur les épaules.

Il siffla furieusement, ses pattes griffues tendues vers Jean-François, prêt à attaquer.

* * *

Litiû découvrit ses deux griffes médianes, prêt à défendre la femelle.

— Fais attention ! Qu'est-ce que tu fais là ?

— Tout va bien, répliqua Eliî. Je lui donne seulement à boire.

— Comment sais-tu si un démon peut avoir soif ? persifla Litiû.

— Il me l'a dit ! Écoute !

Devant le jeune mâle incrédule, elle prit un peu d'eau dans le creux de sa patte et la plaça sous les yeux du démon.

— Pas trop près, siffla Litiû, il pourrait mordre.

— Ziê, fit Eliî. *Hô* !

— *Ziè*, répéta le démon de sa voix rauque. Eau !

Derrière eux, ils sentirent l'odeur anxieuse de Tehiû'lé, qui s'approchait à son tour, alarmé par les sifflements de Litiû.

— Vous... pouvez vous comprendre ? balbutia le vieux d'une voix tremblante.

— Je peux essayer, s'enthousiasma Eliî.

Elle plaça une patte sur un œuf. Si les démons ont besoin d'eau, raisonna-t-elle, ils doivent manger aussi.

— Drêê, siffla-t-elle.

— *Drè*, répondit le démon. Œuf.

— *Èff*, répéta-t-elle.

Il s'ensuivit une discussion animée entre les trois Kèiîû. Eliî voulait nourrir le démon. Il avait l'air plus épuisé que menaçant. Attaché ainsi, il ne pouvait rien leur faire. Mais ce serait extraordinaire d'arriver à communiquer avec lui. Les Mères, sur Zèouês, auraient certainement d'innombrables questions à lui poser. Il pourrait leur expliquer le sens de l'appel dans le ciel, les raisons de la venue du Croc noir.

Litiû refusait. Il craignait quelque perfidie, quelque tour diabolique. Prenant à témoin le vieux Tehiû'lé qui avait été la victime innocente des démons, il plaidait qu'on ne devait pas s'apitoyer sur leur sort ni les soigner.

Tehiû'lé se tenait toujours à bonne distance du démon. Indécis, nerveux, il rentrait et sortait machinalement ses griffes médianes émoussées. Les démons avaient failli le tuer, jadis. Il en avait gardé une crainte tenace. Mais les arguments de la petite femelle étaient bons. Et, au fond de lui, il y avait toujours ces questions irrésolues : pourquoi les démons ont-ils voulu le punir, alors qu'il s'avançait vers eux plein de bonne volonté ? Et maintenant, l'appel le visait-il lui, personnellement ? Devait-il vraiment remonter en surface expier une faute qu'il avait commise sans le savoir ? Ce démon pourrait peut-être enfin lui apporter la réponse...

Eliî, quand elle n'aidait pas le vieux Tehiû'lé à la récolte, poursuivait un apprentissage de psalmodiante. Une de celles qui, lors des cérémonies rituelles, chantent les mélopées des temps anciens, retraçant tous les événements de la vie des Kèiîû depuis les époques les plus lointaines. Elle avait une bonne oreille, et une bonne mémoire auditive. Elle était bien placée pour apprendre une nouvelle langue.

Pendant ce temps, le démon se taisait. Les yeux mi-clos, affaissé par terre, le visage boursouflé par les piqures d'îiisss, il n'avait effectivement pas l'air bien menaçant. Finalement, Eliî prit l'initiative. Elle fit saillir une fine griffe et, d'un coup de patte expert, elle perfora l'extrémité d'un œuf.

— Ça ne donne rien de le ramener aux Mères s'il crève en cours de route, fit-elle.

Litiû consulta du regard son aîné, toujours ambivalent. Avec un grognement désapprobateur, il prit l'œuf des mains d'Eliî et le porta lui-même à la bouche du démon. À petites lapées, celui-ci absorba tout le contenu, sous le regard scrutateur des trois Kèiîû.

Soudain, le bateau fit une embardée. Litiû échappa la coquille, qui alla rouler contre les autres œufs. Le démon, du jaune dégoulinant au coin de la gueule, écarquilla les yeux. Il fixait le hublot ouvert.

De sa voix rauque, il s'écria :

— Un serpent de mer !

Eliî se précipita vers le hublot.

— Zèiaâ, siffla-t-elle.

Un gros reptile rôdait autour du bateau. Le bœuf lacustre secouait l'embarcation en tentant de l'éviter. Normalement, ces prédateurs ne s'attaquaient pas aux bœufs adultes. Ils chassaient plutôt les poissons en eaux profondes, à l'autre bout du lac. Mais les appels du Croc noir, qui faisaient craquer le ciel dans cette région, avaient dérangé la faune et provoquaient des comportements inhabituels.

Tehiû'lé se précipita à l'avant du bateau. Il entendait le souffle anxieux du bœuf de mer, venu se réfugier tout contre le flanc de l'embarcation, et devina le passage d'une ombre indistincte à proximité. Tehiû'lé plongea son chalumeau dans l'eau et souffla à un rythme saccadé d'intenses flots de bulles destinés à désorienter le rôdeur.

Litiû, de son côté, saisit une grosse outre, ouvrit la trappe d'accès et se hissa à l'extérieur. Avec rapidité et adresse, en s'agrippant aux prises sur le dessus de la coque, il déversa autour de l'embarcation de l'huile de rihiîr fermentée, à l'odeur repoussante.

À l'intérieur, Eliî dégrafa un hublot arrière et balança par cette ouverture deux ou trois œufs dans le sillage du bateau, pour divertir le prédateur vers des « proies » plus faciles.

Eliî remarqua que le démon, derrière elle, se tordait le cou pour essayer d'entrevoir la scène. Il était curieux, cet être venu de la surface du Monde !

— Un... plésiosaure, marmonnait-il.

* * *

L'animal au long cou s'éloigna. Jean-François, estomaqué et émerveillé devant le hublot, le suivit des yeux jusqu'à le perdre de vue. Un plésiosaure, vraiment ? Ce qu'il en avait vu, en tout cas, ressemblait un peu aux représentations de ce reptile préhistorique dans les musées ou les ouvrages savants. Un de ses descendants, peut-être. Il se trouvait vraiment dans un Monde perdu !

L'autre bête, semblable à un lamantin ou à un dugong, revint à l'avant du Cocron. Le jeune homme sentit que la navigation reprenait son cours normal.

La petite créature qui avait donné à boire à Jean-François se tourna vers lui. Elle le regarda droit dans les yeux un instant, puis posa les pattes sur le V de sa poitrine en dodelinant de la tête.

— Eliî, siffla-t-elle.

— *Eli*, répéta-t-il.

Devinant qu'il s'agissait de se présenter, il imita les dodelinements, sans pouvoir pointer son torse toutefois à cause de ses mains liées.

— Pym, dit-il.

Le nom lui vint aux lèvres sans y penser. Une sorte de blague personnelle. Mais aussi, intuitivement, il avait l'impression que son véritable nom, Jean-François, serait trop compliqué à prononcer pour ces êtres.

— *Iîm*, répéta « *Eli* ». *P...' iîm*.

La créature avait de la difficulté à articuler le P. « Jean-François » aurait peut-être été plus facile, finalement. Le garçon évita de la détromper, pour ne pas créer de confusion. L'air concentré, elle le montra du doigt, puis elle pointa l'œuf, puis l'eau, en répétant successivement les mots : *P'iîm, Èff, Hô...* Il émit tant bien que mal les sifflements correspondants.

Parmi ses multiples marottes, Jean-François avait toujours eu un intérêt pour les langues. Il connaissait de nombreux noms scientifiques latins. Avant le voyage, il avait vite assimilé les bases de l'espagnol. Sa mémoire exceptionnelle lui facilitait les choses, et son esprit méthodique aimait analyser la structure des phrases, découvrir les liens entre les mots. Malgré sa situation inconfortable, il éprouvait donc une satisfaction intellectuelle à découvrir les rudiments d'un nouveau langage.

Cette petite créature faisait preuve d'une bonne volonté rassurante. Elle désigna ses congénères au garçon : *Teiulé, Litiu*. Elle lui fit répéter plusieurs fois, en fronçant les naseaux. Prononçait-il incorrectement ? Les sons étaient malaisés à rendre. Peut-être même une portion en était-elle inaudible à l'oreille humaine, comme les ultrasons perçus par les chiens.

L'inverse était vrai pour la créature qui lui servait de professeur. Elle peinait à imiter les syllabes du langage humain. La conformation de sa bouche ou de son museau n'y était pas bien adaptée, en particulier pour les consonnes impliquant des mouvements des lèvres, comme P, B, M... ou dans une moindre mesure F et V.

La créature pointa la petite griffe de sa patte vers l'étendue d'eau au-delà du hublot.

— Kèi, dit-elle.

— *Kéy*, répéta Jean-François. Lac ?

D'un geste circulaire, elle se désigna elle-même ainsi que les deux autres :

— Kèiî, Kèiû, Kèiîû.

Cela devenait compliqué. Désignaient-ils leur propre espèce du même nom que le lac ? Avec des variantes finales, une sorte de conjugaison ?

Communiquer avec une espèce étrangère représentait un formidable défi. Les humains et leurs animaux domestiques, par exemple, arrivent à décoder certaines de leurs expressions mutuelles, certaines attitudes, mais cela demeure très limité. Heureusement, *Eli* semblait combiner à la fois l'intuition d'un chien ou d'un chat et un esprit beaucoup plus vif.

La leçon se poursuivit encore un moment. *Eli* désignait des objets, ou mimait des gestes. Accepter ou refuser un objet tendu, par exemple, pour apprendre « oui » ou « non » (après bien des tâtonnements). Mais l'apprentissage demeurait très ardu. Comment se référer aux concepts abstraits, qui ne sont peut-être même pas partagés ? Comment décortiquer la syntaxe des phrases ? Le sens des intonations ? Le langage non verbal ?

Celui qui avait semblé si menaçant au début, *Litiu*, les surveillait en grommelant à l'occasion. L'autre être qui se déplaçait en claudiquant, *Teiulé*, s'approcha. Jean-François devina qu'il y voyait mal, à sa façon de tendre l'oreille sans regarder directement. Le boiteux se tourna à demi vers Jean-François. Son attitude était curieuse... fébrile, agitée ? Il siffla quelque chose, mais c'était incompréhensible pour le jeune humain. *Eli* répéta, plus lentement, plus clairement. Mais le vocabulaire de Jean-François était encore trop rudimentaire.

Eli s'approcha du hublot et pointa sa fine griffe vers le ciel, puis vers l'horizon, là où les lumiores dessinaient de bizarres arabesques. La petite créature pointa ensuite Jean-François, l'air agité, avec des sifflements insistants.

On voulait savoir s'il venait de là-haut ? Mettant à profit ses leçons, il émit un « Ssu ! » aigu (oui). Cela sembla les émouvoir. *Eli* désigna, curieusement, la jambe du boiteux. Pensaient-ils qu'il avait des dons de guérisseur ? Il fit « Sso ! » (non). Ils semblaient perplexes.

— Qu'est-ce que vous allez faire de moi ? demanda le garçon. Pourquoi m'attacher ? Libérez-moi ! Je viens en paix !

Il agitait ses mains liées vers eux. Manifestement, ils ne comprenaient pas. Les trois *Kéyius* échangèrent des sifflements entre eux pendant un moment. Jean-François, en les observant, avait l'impression qu'une part des échanges était non verbale. Position des oreilles, mouvements de la queue, peut-être des signaux olfactifs, aussi, ces créatures avaient une odeur musquée assez forte. Il observait attentivement leur gestuelle, comme il s'était habitué à le faire pour les êtres humains depuis sa jeunesse.

Même chez ses congénères, le jeune homme avait toujours eu de la difficulté à interpréter spontanément les subtilités du langage non verbal. Il avait dû se forcer à les analyser, apprendre comment réagir à telle ou telle mimique, qui nuançait les mots prononcés ou exprimait même parfois complètement le contraire. Jean-François avait le pressentiment que ces créatures-ci seraient moins contradictoires.

Les *Kéyius* ne portaient aucun ornement ni vêtement. On ne pouvait déterminer leur sexe à première vue, sous le pelage. Jean-François avait l'intuition que la plus petite créature était une femelle (*Kéyi* ?). Les deux plus grands, qu'il dominait lui-même d'une tête, devaient être des mâles (*Kéyu* ?). Ils paraissaient plus costauds et exhibaient une sorte de crinière sur les épaules. Leur pelage clair était marqué de zébrures foncées (à l'inverse d'*Eli*). *Teiulé* avait une crinière plus fournie et des rayures plus prononcées sur un fond presque blanc. Sa démarche hésitante, ses yeux baissés, le faisaient paraître nettement plus âgé que les autres.

Les trois s'installèrent dans une alcôve voisine. C'était le moment de la collation, apparemment. Ils gobèrent chacun un œuf. Puis ils nettoyèrent leurs pattes et leur museau avec soin, à l'aide d'une calebasse d'eau. Enfin ils fouillèrent dans leur pelage. À la surprise du jeune humain, ils extirpèrent chacun des feuilles d'un repli dans leur abdomen, et se mirent à les mâchonner. Ces créatures avaient une poche ventrale, comme les kangourous. C'étaient des marsupiaux !

Après avoir mastiqué en chœur, chacun se leva à tour de rôle, pour aller s'accroupir au-dessus d'une trappe tout au fond de l'embarcation. Jean-François devina de quoi il s'agissait. Les créatures ne faisaient pas de mystères. Lui-même sentait un besoin biologique le tenailler depuis un moment.

Il appela, se trémoussa, pointa le menton vers la trappe. Ce ne fut pas évident, mais sa petite professeure finit par comprendre. Il y eut un nouvel échange de sifflements. *Litiu* vint vers Jean-François. Il dégagea un peu ses liens et le traîna vers la trappe.

C'était affreusement gênant, les trois créatures le fixaient avec une curiosité évidente. Jean-François dut se répéter qu'il n'avait pas le choix, ce n'étaient pas des humains, ça n'avait pas d'importance... Il finit par arriver à faire ce qu'il avait à faire. Puis, *Litiu* le rattacha de nouveau près du hublot.

Litiu retourna à l'avant du Cocron, probablement pour veiller à la manœuvre. *Teiulé* et *Eli* se roulèrent en boule côte à côte dans l'alcôve centrale. Ils parurent s'assoupir presque aussitôt.

Jean-François se sentait fatigué, lui aussi. Son corps avait été mis à rude épreuve. Il avait besoin de récupérer. Mais le sommeil ne venait pas. Trop fébrile, trop excité par les récents événements, trop incertain de ce qui l'attendait.

Pour discipliner son esprit, le jeune homme révisa mentalement les « mots » sifflés qu'il venait d'apprendre. Puis, il se remémora les oiseaux qu'il avait aperçus au cours de la croisière, par ordre chronologique, avec leur nom français, anglais et latin. L'exercice le frustra plus qu'autre chose. Il butait parfois sur certains noms scientifiques. Il grimaça de dépit, mécontent de voir ses facultés prises en défaut.

À l'école, certains comparaient sa mémoire étonnante à celle d'un ordinateur, parfois avec une expression du visage signifiant envie ou dédain, avait-il compris avec le temps. Pourtant il n'était pas infaillible. Et le stress des dernières heures n'arrangeait pas les choses, apparemment.

Pour chasser ces idées noires, et pour s'apaiser, Jean-François compta des nombres premiers, en visualisant leur apparence. Graduellement, il se détendit. À la frontière entre l'éveil et le sommeil, les images mentales se muèrent en d'autres réminiscences, encore plus vibrantes et fascinantes.

Le visage de Jennifer. La dernière nuit, avant le départ. Jennifer avec ses bras autour de son cou. Le foulard de Jennifer. Somnolent, le jeune homme tortilla sa main, agita les doigts, pour essayer de caresser l'écharpe.

Et il parvint à libérer sa main.

Jean-François ouvrit grand les yeux, brusquement ramené à la réalité. Ses liens n'étaient pas si serrés. Apparemment, les *Kéyius* sous-estimaient l'agilité des mains humaines. Leurs propres pattes, bien que dotées de doigts très mobiles, n'avaient pas de pouce opposable, si utile aux humains.

Jean-François entreprit de tortiller son autre main, patiemment, discrètement, tout en surveillant du coin de l'œil les dormeurs.

Voilà, ses deux mains étaient libres. Il sentait qu'il pourrait dégager ses bras sans trop de difficulté. Puis il resterait les pieds. Et après... quoi ? Il n'y avait pas encore pensé.

Jean-François se figea quand *Litiu*, à l'avant, se retourna soudain. L'être velu lança un sifflement. Les deux autres redressèrent la tête aussitôt. Mais ils n'en avaient pas contre l'humain. Ils se levèrent et allèrent observer quelque chose par le large hublot avant. Jean-François sentit dans les ondulations de la coque que l'embarcation ralentissait.

Eli se tourna vers Jean-François, elle émit le même sifflement que *Litiu*, un son difficile à reproduire, qui sonnait un peu comme « Suez ». Arrivait-on quelque part ? Vers quelle destination mystérieuse le conduisait-on ?

Jean-François jeta un coup d'œil par le hublot latéral. Au début, il ne vit que les eaux du Lac des glaces. Mais graduellement, comme le Cocron amorçait un virage, il aperçut une large structure, au milieu du lac. Non, plusieurs structures, séparées par d'étroits canaux.

C'étaient de grandes buttes arrondies, avec des excroissances et des difformités ici et là. Des enceintes colorées s'élevaient à quelques endroits. Des tapis d'algues touffus bordaient le rivage. Chose étonnante, Jean-François eut l'impression que les îles dérivaient légèrement les unes par rapport aux autres. Une illusion due au mouvement du bateau, sans doute.

Le Cocron parvint au seuil de la prairie d'algue. *Teiulé* tira sur un filin et ramena des airs un curieux anneau fibreux, qui brillait d'un éclat phosphorescent. Puis *Litiu* saisit un seau et grimpa sur la passerelle. Quelques instants plus tard, Jean-François entrevit le lamantin qui s'éloignait.

Mais l'embarcation ne restait pas immobile. Au contraire, le Cocron était balloté, et Jean-François sentit d'inquiétants frôlements sous la coque. Puis, à sa grande surprise, il vit les algues, ou ce qu'il avait pris pour tel, se soulever et enserrer leur esquif. Il s'agissait en réalité de filaments frétillants, extrêmement ramifiés. Jean-François sentit la pression sur la coque, les mouvements ondulants qui faisaient avancer le bateau par à-coups, comme si un œsophage géant les avalait !

Finalement, le Cocron se retrouva dans un chenal entre deux îles. Plusieurs êtres, semblables à ceux qui l'avaient capturé, allaient et venaient sur les rives. Ils étaient de taille ou de corpulence variée, avec des nuances dans leur pelage, mais appartenaient manifestement tous à la même espèce.

Une curieuse structure se dressait à proximité du rivage, une grande enceinte ovale, qui semblait constituée d'un empilement de coquillages.

Les filaments continuaient de frétiller sur la coque. Ils attirèrent le Cocron tout contre la berge du canal, qui sembla se rétracter légèrement. Par un hublot, Jean-François aperçut de minces tentacules rosâtres, couverts de mucus, où étaient engluées d'innombrables bestioles. Les tentacules se prolongeaient jusqu'à la berge rosée, qui était parcourue de lentes ondulations.

Jean-François commença à entrevoir l'incroyable vérité.

Eli pointa la rive (l'air fébrile ? excitée ? comment interpréter toutes ces mimiques étrangères ?). Elle répéta ce même son, semblable à « Suez », qui semblait désigner l'endroit.

— On arrive au canal de Suez ? fit Jean-François. On a fait du chemin !

Eli écarta les oreilles (signe d'incompréhension ?). Tentative d'humour qui tombait à plat. Ça arrivait souvent à Jean-François, même parmi les humains. Ces créatures avaient-elles l'équivalent de jeux de mots ?

Mais l'esprit fertile du jeune homme avait déjà baptisé cette île mystérieuse d'un autre nom. Ça correspondait mieux à l'idée abracadabrante qui germait en lui.

Méduse. Cette île était une méduse géante !

12

L'île Méduse

Zèouês se mouvait lentement, d'un banc de plancton à l'autre, depuis des temps immémoriaux. Les êtres qui s'étaient installés sur son dos lui apportaient un supplément nutritif appréciable.

La méduse géante entreprit de nettoyer minutieusement la coque de tous les animalcules qui s'y étaient accrochés pendant la traversée. C'était une relation bénéfique à la fois pour Zèouês et les Kèiîû. Non seulement ils lui fournissaient un plancton de choix, mais aussi ils nettoyaient son dos des rihiîr parasites. En revanche, ces îles protégées par une barrière tentaculaire offraient au peuple Kèi un refuge idéal contre les prédateurs, charognards ou insectes nuisibles.

Sur la rive, des jeunes mâles de la génération de Litiû le saluèrent avec des sifflements amicaux. Normalement, ils seraient immédiatement montés à bord, pour l'aider à décharger la cargaison. Mais Litiû tardait à dérouler la passerelle fibreuse. Même s'il n'était pas assez près pour qu'on hume son odeur, ses camarades devinèrent, à son museau froncé, sa queue tendue, ses oreilles frémissantes, que quelque chose n'allait pas.

Il revenait aux jeunes psalmodiantes d'annoncer les événements spéciaux. Eliî, le cœur battant, se dressa sur la passerelle. Elle entonna le préambule rituel, d'une voix forte, attentive à respecter le timbre exact, les modulations précises :

— Oreilles dressées, Kèiî et Kèiû !

Surpris par ce ton cérémonial, toutes les Kèiî et tous les Kèiû présents sur le quai levèrent le museau vers Eliî. Elle enchaîna aussitôt. Les psalmodiantes devaient aller droit à l'essentiel.

— Démon !

Le mot fit frémir l'assistance.

— Un démon descendu d'En-Haut ! Un démon à bord !

Plusieurs Kèiîû poussèrent des cris, certains s'enfuirent, d'autres accoururent.

— Un démon prisonnier ! N'ayez crainte !

Eliî entreprit de donner plus d'explications, de répondre aux questions qui fusaient.

Des Kèiî coururent avertir les Mères qui faisaient la sieste derrière le muret de coquillage.

Le brouhaha s'amplifia sur la rive.

— Démon ! Démon !

Des jeunes Kèiû pointaient un hublot à l'arrière, où l'on entrevoyait une tête affreuse, au visage plat et presque glabre. Ils saisirent des coquillages et commencèrent à les lancer vers la créature démoniaque.

Le vieux Tehiû'lé étendit ses maigres pattes au-dessus de la foule.

— Paix, mes fils. Laissons les Mères l'interroger.

Il avait encore une voix forte, malgré son âge. Boiteux, quasi aveugle, ce n'était pas le plus considéré des Grands-pères. Mais son aventure de jeunesse en surface lui donnait une certaine aura. Les jeunes mâles se calmèrent un peu. Ils comprenaient qu'il fallait respecter la hiérarchie, à plus forte raison dans ces circonstances extraordinaires. Les Mères étaient dépositaires de la sagesse et de l'avenir du peuple. Il leur revenait de décider quoi faire.

Eliî, de son côté, rentra en hâte dans le bateau pour fermer le hublot. Mieux valait soustraire P'iîm à la vue des autres pour le moment. Il était toujours attaché dans son coin.

— Les Mères vont venir t'interroger, lui dit-elle.

Elle répéta l'explication de plusieurs façons, sans être sûre qu'il parvienne à comprendre. Puis, elle quitta le bateau et se dirigea vers l'enceinte sur la rive, sous les regards perçants de tous. Elle devait expliquer la situation aux Mères en personne.

Pendant son absence, Litiû installa finalement la passerelle. Deux de ses camarades vinrent l'aider à décharger la cargaison. Ils entrèrent nerveusement dans la cale, dévisageant l'abominable créature tassée sur elle-même dans un coin, immobile. Ils mirent deux fois plus de temps que d'habitude à transborder les œufs sur la rive. Et tous leurs camarades les assaillirent de questions aussitôt après.

Enfin, de longues plaintes graves s'élevèrent du côté des murailles. Un cortège s'ébranlait. Des Pères, soufflant dans de gros coquillages spiralés, menaient la marche. Les Grands-pères suffisamment valides de la génération précédente fermaient le cortège. Entre eux, les Mères et quelques Grands-mères, soutenues au besoin par des psalmodiantes. Une garniture de coquillages couvrait presque tout le corps décharné des aïeules.

Litiû et Tehiû'lé, quittant l'embarcation, gagnèrent la berge. Ils s'inclinèrent, comme tous les Kèiîû présents.

Le cortège s'arrêta devant le bateau. Une femelle replète se détacha du groupe des Mères. Elle arborait un coquillage fuselé sur le museau, symbole de sa charge de Porte-parole des Mères jusqu'au prochain cycle reproducteur. Itehiî'lé, la démarche vive, le pelage lustré, un reflet argenté dans ses larges yeux très mobiles, la queue dodue riche en graisses (on gavait bien la Porte-parole, selon la tradition), s'avança devant le Peuple du Lac assemblé.

Itehiî'lé était l'une des tantes d'Eliî. Elle fit un signe à la petite Kèiî, qui se plaça à ses côtés. Eliî servirait d'interprète, pour l'interrogatoire du démon prisonnier. La propre mère d'Eliî se trouvait au sein du cortège. Eliî ignorait qui était son géniteur. Cela pouvait être n'importe lequel des mâles de la même génération que sa mère. Cela n'avait pas d'importance, chez les Kèiîû. Les accouplements avaient lieu au cours de cérémonies communautaires à des périodes précises. Les mâles avaient la responsabilité collective de veiller sur tous les enfants du peuple.

Deux mâles assez costauds aidèrent Itehiî'lé à prendre pied sur la passerelle, plutôt pour la forme car la porte-parole des Mères était agile et vigoureuse. Eliî s'apprêtait à la suivre à bord, de même que Tehiû'lé et les deux gardes du corps.

Mais alors, des cris stridents montèrent de l'assistance. Les têtes baissées se relevèrent subitement. Tous les regards se portèrent vers le dessus du bateau. La trappe s'ouvrait, alors qu'il n'y avait plus personne à bord. Sauf...

Le démon !

L'affreux démon surgissait par la trappe. Il se redressait à l'air libre. D'un large geste, il jeta quelque chose à l'eau. Ses liens, dont il s'était miraculeusement délivré.

— Sortilège ! s'écria Litiû. Attention !

Le démon éleva les bras. Des sifflements de terreur fusèrent.

13

Audience

Jean-François, debout en équilibre instable sur la coque extérieure flexible du Cocron, prit une grande inspiration.

La vue de cette foule de créatures velues qui le dévisageaient en sifflant et en gesticulant était affolante. Instinctivement, il aurait préféré s'enfouir au creux du Cocron, à l'abri des regards. Un abri bien illusoire, cependant.

Pendant le bref instant où il avait été laissé seul à l'intérieur du bateau, il avait achevé de défaire ses liens. En entrouvrant le hublot, il avait eu un aperçu du cortège qui s'approchait. D'après ce qu'il avait pu deviner des sifflements d'Eli, une sorte de chef allait venir l'examiner. Et après... quel serait son sort ?

Il aurait été vain de chercher à s'enfuir. Où se cacher sur cette incroyable Méduse au milieu du Lac des glaces ? Comment survivre ? Il avait besoin du soutien de ces êtres qui formaient le Peuple du Lac.

Comment s'attirer leurs faveurs ? Les premières réactions agitées à son arrivée étaient inquiétantes. Il aurait pu garder l'attitude soumise d'un prisonnier impuissant, recroquevillé à fond de cale. Mais Jean-François faisait le raisonnement qu'une prise de contact plus digne et plus... spectaculaire aurait davantage de poids. Il devait prendre exemple sur les explorateurs d'autrefois, quand ils rencontraient des indigènes. Ils se comportaient en ambassadeurs et offraient des cadeaux aux potentats locaux, pour s'attirer leur faveur.

Jean-François avait vu la foule s'incliner devant la créature à la queue épaisse qui s'avançait au pied de la passerelle. Ce devait donc être le chef. Ou plutôt la chef, à en juger par l'absence de crinière sur ses épaules. Mais quel objet de valeur avait-il à lui offrir ?

Une chose précieuse pour lui... Le cadeau de Jennifer.

Jean-François éleva les bras en un geste théâtral, puis déroula l'écharpe autour de son cou et la tendit devant lui, bien étalée. Puis, lentement, il s'inclina à partir de la taille, le dos bien droit, en fixant la petite dirigeante dans les yeux. Attitude pacifique, mais pas soumise. Force et dignité.

La chef resta interdite une seconde, qui parut une éternité. Les deux costauds derrière elle, muscles tendus, guettaient sa réaction, de même que la foule.

Jean-François scrutait intensément la chef, fébrile intérieurement, sous son masque impassible, essayant de lire et d'interpréter les messages non verbaux.

Quand il était apparu sur la coque, elle avait froncé le museau, montré les dents, aplati les oreilles, rentré la tête dans les épaules. Sa physionomie se décrispa un peu quand Jean-François s'inclina. Très lentement, et très légèrement, la chef abaissa à son tour le torse, en étirant la tête pour le regarder elle aussi dans les yeux, de son intense regard argenté.

Ils se redressèrent tous les deux. Jean-François tendait toujours l'écharpe dans la direction de la chef. Elle émit un bref sifflement en direction de l'un des gardes du corps. Celui-ci, plutôt tremblotant, alla saisir l'objet des mains du visiteur. Il le remit à sa chef qui, de façon un peu maladroite, le passa autour de ses épaules.

Le cadeau était accepté. La foule autour s'agitait, étonnée, indécise. Jean-François reconnut Litiu, qui allait trouver le second garde du corps, apportant de nouveaux cordages.

Le jeune homme tendit un doigt autoritaire dans leur direction et gronda :

— Sso !

Le son pour « non ». Les deux Kèiû sursautèrent. La foule tressaillit, étonnée et impressionnée par cet humain qui semblait parler la langue Kèi. La chef, toujours parée du foulard, réagit par un signe de tête. Les cordages disparurent.

Jean-François était triste de voir le cadeau de Jennifer autour du cou de cette créature étrangère. Mais il le fallait bien, en gage de bonne volonté. Il leva lentement une main, paume ouverte (sauraient-ils interpréter ce signe de paix ?), puis fit un geste d'invitation de l'autre main. Il recula lentement vers la trappe du Cocron, tel un monarque prêt à tenir audience dans son château.

La chef du Peuple du Lac ne manquait pas de détermination. Elle s'engagea sur la passerelle, puis à l'intérieur du bateau. Pas seule, tout de même, ses deux gardes du corps l'accompagnaient, de même que la petite *Eli*, à titre d'interprète.

Les discussions entre les représentants des deux mondes pouvaient commencer.

* * *

La rencontre fut brève et plutôt frustrante. Malgré les vaillants efforts d'*Eli*, les deux espèces avaient trop de difficulté à se comprendre. Jean-François crut saisir que le Peuple du Lac connaissait l'existence des humains et du monde en surface. Excellent, il existerait donc un passage pour regagner l'air libre. Mais une menace imprécise semblait planer. Les créatures lui adressaient des sifflements inintelligibles. Qu'attendait-on de lui ?

Finalement, la chef et son escorte se retirèrent, après un échange de révérences un peu guindées. *Eli* resta un moment seule avec lui, bravement, le temps de lui tendre de la nourriture. Cette fois, il s'agissait d'un brouet gélatineux, où frétillaient de petits animalcules encore vivants. Malgré son dégoût, Jean-François se força à avaler le tout sans grimacer. Ce n'était pas si mauvais, un peu huileux, salé. Il but de l'eau fraîche, aussi. Le verre était une tige de prêle évidée, l'écuelle un coquillage aplati. Les techniques du Peuple du Lac semblaient plutôt rudimentaires.

Eli se retira en lui adressant un petit signe de tête, et un sifflement particulier. Il lui rendit la politesse. Il resta seul à l'intérieur du Cocron. Non attaché. Il regarda par le hublot. On ne lui faisait tout de même pas entière confiance. Plusieurs mâles vigoureux montaient la garde, tout le long du Cocron. Mais au moins, ici, il était enfin tranquille, le ventre plein, en relative sécurité.

Jean-François referma le volet du hublot. Il s'étira voluptueusement dans la pénombre. Il se sentait presque bien. Il eut un petit sourire. Quelle aventure !

Jean-François ferma les yeux. Son corps avait été mis à rude épreuve, son esprit soumis à des tensions extraordinaires. Il s'endormit immédiatement et, dans ce monde étrange où il n'y avait plus ni jour ni nuit, il dormit comme une bûche pendant un temps indéfini.

* * *

Les Kèiîû, regroupés dans la grande enceinte ovale à ciel ouvert, formaient comme une grande ellipse mouvante. L'œil vivant du Peuple du Lac. Subitement, Kèiî et Kèiû dressèrent l'oreille. Eliî et Litiû qui dormaient roulés en boule s'éveillèrent en sursaut. Les adultes qui faisaient mutuellement leur toilette suspendirent leurs gestes. Les aînées qui marmonnaient tout bas les chants anciens aux psalmodiantes firent silence. Tehiû'lé s'éloigna des autres, pour ne pas les énerver davantage avec son odeur anxieuse. À son âge, il n'arrivait plus à contrôler ses sécrétions personnelles.

À l'horizon, le Croc noir lançait son sinistre appel.

Itehiî'lé, accroupie à l'une des extrémités de l'ellipse vivante du peuple Kèi, fixait le ciel de ses yeux argentés. Puis elle fit signe à un Père. Celui-ci courut vers le bateau, jeta un coup d'œil par un interstice du hublot, revint peu après.

— Le démon dort toujours, annonça-t-il.

Itehiî'lé retira avec soin l'objet sacré enroulé à son cou. Elle l'observa avec intensité. Elle ne pouvait percevoir les couleurs, mais en l'examinant de près, en le plaçant sous le bon angle par rapport à l'éclairage fluctuant des lumières de glace, elle arrivait à discerner des différences de tonalités. L'objet démoniaque comportait un mystérieux signe. Cela avait-il une signification ? Quel rapport l'arrivée de ce démon avait-elle avec l'appel dans le ciel ?

Les Mères trouvaient d'habitude une source d'inspiration précieuse dans les chants rituels retraçant l'histoire du peuple Kèi. Des sagas faisaient état de migrations, d'autres « mondes » occupés jadis par les anciens. On faisait allusion à des rencontres accidentelles avec les habitants de la surface, rares et furtives. Rien d'aussi marquant que les mésaventures de Tehiû'lé. Mais la situation actuelle était totalement inédite. Que voulait exactement ce démon au nom imprononçable ?

Itehiî'lé fit appeler la petite psalmodiante Eliî.

— Va rejoindre ce...*'iîm*, tu dois mieux apprendre à communiquer avec lui.

La jeune psalmodiante, peu apte encore à contrôler ses phéromones, laissa échapper une bouffée d'excitation. Elle sortit immédiatement de l'enceinte. Le jeune Litiû la suivit, avec un empressement ridicule.

Le statut indéfini des jeunes de cette génération posait problème. Autrefois, jusqu'à l'époque du vieux Tehiû'lé, le passage symbolique à la vie adulte était couronné par une montée initiatique vers la surface du monde extérieur. Quand les démons s'étaient installés là-haut et avaient failli tuer Tehiû'lé, la tradition avait changé. On se contentait d'atteindre une imposante cavité glaciaire. Mais aujourd'hui, le Croc noir barrait même cette voie. Les Mères devraient se pencher sur une autre solution.

Il y avait plus urgent. À l'horizon, le mal progressait. Itehiî'lé s'était elle-même rendue au bout du lac, là où s'enfonçait le Croc noir, et avait constaté les dégâts qui menaçaient son monde. Il fallait agir, et la venue de P'iîm précipitait les choses.

Une idée germait dans l'esprit intelligent de la Porte-parole, tandis qu'elle contemplait l'écharpe sacrée. Comme en signe d'approbation, l'appel se tut soudain dans le ciel. Alors Itehiî'lé se redressa et se faufila parmi les siens, vers l'intérieur de l'ellipse approximative formée par le groupe de Kèiîû.

Une très vieille Kèiî nommée Èokiî'lé occupait le centre. Le majestueux coquillage spiralé ornant son ventre la désignait comme la doyenne du Peuple du Lac. La dernière représentante de la génération ayant précédé le vieux Tehiû'lé. D'un geste, Itehiî'lé écarta les psalmodiantes qui oignaient d'huile le frêle corps de l'ancêtre.

Itehiî'lé se pencha vers la doyenne et chuchota longuement à son oreille. Les yeux clos, recroquevillée sur elle-même, l'ancienne semblait parfaitement inerte. Mais à la fin, Èokiî'lé redressa un peu les oreilles, porta lentement la patte au coquillage sur son ventre, et murmura un assentiment : « Sssuû ! »

Alors, Itehiî'lé regagna sa place à la pointe de l'ellipse du peuple. Puis, en soufflant à travers le coquillage fixé à son museau, elle convoqua les autres Mères.

Elle croyait savoir quel sacrifice exigeait le démon.

14

Les notes de JFF

Jean-François était « assigné à résidence » dans le Cocron depuis... presque trois semaines, peut-être ? Il avait perdu la notion du temps, dans ce semi-jour perpétuel. Le garçon s'attristait pour ses parents qui devaient le croire mort. Et il pensait souvent à Jennifer. Malgré tout, une sorte de routine réconfortante s'installait, à l'abri dans ce cocon.

Le jeune humain était bien traité. Eliî lui apportait régulièrement de la nourriture et poursuivait les leçons. Lentement, la communication entre eux s'améliorait, malgré la prononciation déficiente et les confusions inévitables.

Des gardes demeuraient postés à l'extérieur. Mais Jean-François scrutait les environs par le hublot. Curieux de nature et pour s'occuper l'esprit, il questionnait Eliî à tout propos et notait mentalement une foule d'observations.

Je n'ai pas entendu la fameuse expression « Tekeli-li ! », mais leur langue comporte des sonorités semblables. Une simple coïncidence, peut-être. Le continent Antarctique était presque inexploré du temps de Poe. À moins que des êtres semblables existent ailleurs ? Dans le livre, Pym trouve des traces des créatures sur une île australe. Je crois que les baleiniers fréquentaient déjà les abords du cap Horn, à cette époque. Des contacts occasionnels auraient pu avoir lieu entre nos deux espèces ? Qui sait si des légendes à ce sujet ne sont pas parvenues jusqu'à Poe ?

Ces Kèiîû doivent être apparentés aux autres marsupiaux, en Australie, en Nouvelle-Zélande ou aux environs. Logique, puisque ces terres étaient reliées autrefois pour former le supercontinent Gondwana, avant que l'Antarctique ne dérive vers les latitudes polaires. Leur apparence générale rappelle un peu les Diables de Tasmanie actuels. Mais les rayures sur le dos les rapprochent aussi d'une espèce éteinte, les Thylacines, ou loups marsupiaux, exterminés par l'homme au début du XXe siècle.

Je sais qu'une sorte de cancer contagieux fatal menace actuellement les derniers Diables de Tasmanie. Si les créatures d'ici y sont apparentées, ce pourrait être très dangereux pour elles d'entrer en contact avec cette maladie en surface.

Les adultes sont plantigrades, ils marchent sur la plante des pieds comme les ours ou les humains. Mais les jeunes que j'ai vus sur le « quai » courent sur les orteils en digitigrades, comme les félins ou les chiens. Peut-être que les proportions du squelette changent avec la croissance.

Les Kèiîû entrecoupent leurs périodes d'activité de nombreuses siestes, comme les chats. Il n'y a ni jour ni nuit, mais j'ai remarqué des fluctuations occasionnelles dans la force et la direction des lumiores. Peut-être une interaction avec les rayons cosmiques pénétrant à travers la glace, qui varient selon les éruptions solaires, ou la position de la Terre par rapport au soleil. Il faudrait observer sur une plus longue période pour vérifier s'il y a une périodicité.

Le vieux Tehiû'lé est, paraît-il, expert dans l'observation du ciel. Je ne comprends pas. Pourtant, il est manifestement aveugle. L'évolution aurait-elle favorisé d'autres sens ici ?

Je n'ai vu personne faire du feu, ni utiliser la roue. Je pourrais leur apprendre beaucoup de choses. Serait-ce sage ? Ça demande *réflexion, quand on voit ce que nous humains avons fait du monde supposément civilisé !*

Des petites Kèiî sifflotent une mélopée tout en modifiant la muraille de coquillages. Elles enlèvent certaines pièces et en ajoutent d'autres. Selon Eliî, cela aurait un lien avec le foulard que je leur ai donné. Bizarre.

La mosaïque de l'enceinte est agencée selon le motif des coquillages plutôt que par coloris, pour autant que je puisse en juger. Eliî est surprise que je perçoive les détails des coquilles, mais à peine les « chants » des ouvrières. Je crois que son ouïe est meilleure, et mon acuité visuelle supérieure. Le concept de couleur semble lui être totalement étranger. La plupart des mammifères voient moins bien les couleurs que les primates, surtout les animaux nocturnes ou marins. Peut-être les Kèiîû ne perçoivent-ils que des nuances de gris ? Pour une fois, je serais supérieur aux autres à ce sujet. Au royaume des aveugles, les borgnes sont rois !

Parfois, je crois entendre de faibles grincements venant de l'horizon. Cela trouble beaucoup Eliî et les autres. Ils me regardent comme si c'était de ma faute. Une sorte de dent foncée les appelle, si j'ai bien compris. Qu'est-ce que ça signifie ?

15

Le Signe sacré

La vieille Èokiî'lé se remémorait les lointains souvenirs olfactifs de sa jeunesse. Elle se souvenait avec émotion de l'odeur du jeune mâle qui avait rapporté sur Zèouês un magnifique coquillage spiralé, quand elle-même était Porte-parole du peuple. Les plus beaux coquillages provenaient d'un îlot aux abords infestés de zèiaâ. Elle était de la même génération que ce mâle, leur groupe avait accompli ensemble la montée vers le Toit du monde et atteint En-Haut avec ses fades odeurs, à une époque où les affreux démons ne hantaient pas encore la surface. Aujourd'hui, ce mâle et tous les autres avaient regagné pour toujours le sein de Zèouês. Èokiî'lé arborait ce coquillage en tant que doyenne et dernière de sa génération.

Le coquillage spiralé s'était incrusté depuis si longtemps sur son ventre qu'elle le considérait comme une partie d'elle-même. Maintenant, son ventre était nu, parce que le démon l'exigeait. Les psalmodiantes voulaient oindre son cuir exposé, craquelé, sanguinolent. Elles auraient continué de veiller sur l'aïeule. Mais Èokiî'lé avait refusé. Elle avait eu l'occasion de servir encore le peuple. Elle ne souhaitait plus que rejoindre sa génération au sein de Zèouês.

Sa volonté devait être respectée. Le peuple se rassembla et les psalmodiantes chantèrent longuement son histoire et celle de sa génération. Chacun vint la humer, pour fixer son odeur dans sa mémoire. Puis, la Porte-parole posa sa patte sur la poitrine chenue de la doyenne. Èokiî'lé, rassemblant ses forces, posa à son tour ses doigts frêles sur le pelage de Itehiî'lé.

— Repose au sein de Zèouês ! dit la Porte-parole.

La vieille murmura quelque chose. On ne l'entendit guère, mais les psalmodiantes reprirent :

« Èokiî'lé saluera nos mères et nos pères de jadis ! »

Èokiî'lé se tassa un peu plus sur elle-même et resta immobile. Des mâles vigoureux, qui se trouvaient être ses petits-fils, soulevèrent son corps. Itehiî'lé se dirigea alors hors de l'enceinte, du côté opposé à la rive. Les deux porteurs avec leur fardeau suivirent la Porte-parole, tandis que le reste du peuple se dispersait.

Ils parvinrent rapidement vers une des multiples excroissances qui s'élevaient de la masse de Zèouês. Le bourrelet était tapissé de filaments immobiles. Itehiî'lé siffla une mélopée spéciale dans son coquillage nasal. Les tentacules frétillèrent et se redressèrent. Un puits se creusa au centre du monticule.

Une des bouches de Zèouês s'ouvrit.

* * *

Les Mères jugèrent que le temps était venu de répondre à l'appel.

La mosaïque était achevée. Selon Tehiû'lé, la direction des flux aériens serait propice à une expédition. Il pressentait aussi que le Croc ne tarderait pas à se manifester. Cela coïncidait souvent avec une fluctuation particulière des courants baignant le ciel.

Il sentait juste. Quand le sinistre gémissement s'éleva à l'horizon, tout était prêt. Itehiî'lé attendait déjà depuis quelque temps avec une délégation devant l'enceinte. L'interprète Eliî se trouvait à l'intérieur du bateau avec l'« Être à mains », un terme plus respectueux qu'elle avait suggéré d'utiliser au lieu de démon. Eliî fit signe à P'iîm qui, curieusement, percevait moins bien le signal des siens. Il était temps pour lui d'émerger du cocon où il avait été confiné.

L'émissaire du Monde d'En-Haut sortit du bateau et s'avança devant la Porte-parole du peuple Kèi. Itehiî'lé remarqua que l'Être à mains avait meilleure mine, si on pouvait dire. Les traces de piqures des îiisss s'estompaient. Des poils un peu plus longs garnissaient son vilain faciès. Il se mouvait de façon plus souple.

P'iîm et Itehiî'lé s'inclinèrent cérémonieusement en se regardant dans les yeux, selon le protocole qu'ils avaient établi la première fois.

Itehiî'lé était entourée des Grands-mères. Les aïeules du peuple étaient dépouillées de leurs coquillages honorifiques. L'absence d'ornement révélait aux yeux de tous leurs membres décharnés, leur peau fripée aux poils blancs épars. Mais les aïeules courbées par l'âge se forçaient à redresser la tête. Une effervescence métabolique inhabituelle enrichissait leurs odeurs affadies. Leurs traits marqués par le temps irradiaient de fierté.

Le peuple, conscient du sacrifice consenti par les Grands-mères, leur témoignait son respect. Les Kèiîû abaissaient les oreilles, ramenaient la queue et inclinaient la tête devant les aînées.

Les Grands-mères avaient sacrifié leur parure rituelle pour le bien du peuple. Pour sceller l'alliance avec le démon. Et la doyenne y avait même laissé sa vie. Mais son odeur restait présente à jamais dans la mémoire du Peuple du Lac.

Itehiî'lé fit un signe. Des psalmodiantes qui se tenaient près de la muraille de coquillages s'avancèrent. Elles tenaient entre elles, étalée sur toute sa longueur, l'écharpe de P'iîm. Les psalmodiantes s'arrêtèrent devant P'iîm et tendirent l'objet sacré devant lui. Il examina le tissu, puis l'imposante mosaïque sur l'enceinte.

Les psalmodiantes avaient réalisé ce vaste collage en un temps record. Elles avaient utilisé les coquillages les plus rares et les plus précieux, tirés des ornements rituels que les Anciennes se transmettaient et embellissaient de génération en génération.

La foule retenait son souffle. Enfin, l'émissaire du Monde d'En-Haut retroussa les lèvres. Ce signe pouvait paraître menaçant. Pourtant, cela signifiait le contentement chez un Être à mains, assurait l'interprète Eliî.

— Bien, siffla-t-il.

Son accent laissait un peu à désirer, mais le sens était indéniable.

L'odeur de la foule se modifia de façon perceptible, exprimant le soulagement. Mais Itehiî'lé et les Mères plus aguerries gardaient le plein contrôle de leurs sécrétions. La Porte-parole officialisa l'entente en sifflant à travers son coquillage nasal.

— Le Signe sacré d'Alliance est accueilli avec faveur !

P'iîm prit l'écharpe que les psalmodiantes lui tendaient. L'objet sacré avait joué son rôle. Le Signe d'alliance resterait gravé de façon permanente dans les murs, à la vue du peuple. P'iîm pouvait reprendre le modèle, maintenant. Il enroula l'écharpe autour de son cou, en faisant de nouveau sa mimique aux lèvres retroussées.

Il siffla, en escamotant un peu les finales, la salutation rituelle :

— Les fumets soient bons !

— Les lumières de glace vous guident, répondit la Porte-parole.

Itehiî'lé fit signe aux trois Kèiîû qui devaient accompagner P'iîm dans cette expédition. Ils s'avancèrent : l'interprète Eliî, de même que Tehiû'lé et Litiû, guides et navigateurs désignés. La Porte-parole échangea avec eux les gestes traditionnels de salutation : chacun posant simultanément la patte sur la poitrine de l'autre.

Puis, elle s'approcha de P'iîm et, bravement, effleura le torse de l'Être à mains de sa paume ouverte. Ce dernier, instruit par Eliî, imita le geste. La Porte-parole du Peuple réussit presque à réprimer une grimace, quand le démon la toucha brièvement de sa main nue.

En dernier lieu, la Porte-parole présenta aux voyageurs un cadeau de Zèouês elle-même. Des cristaux neufs pour capter au mieux les courants du ciel. La méduse, après avoir accueilli le repos de la doyenne, avait répondu comme chaque fois, en excrétant les pierres brillantes. Des artisans les avaient incrustées dans une « voile » neuve.

Itehiî'lé siffla dans son coquillage nasal, assez fort pour dominer momentanément le son de l'appel, qui montait toujours de l'autre bout du lac. Ce signal marquait la fin de la cérémonie. P'iîm se retourna et se dirigea vers le bateau, suivi des trois vaillants Kèiîû qui l'escortaient. Avec célérité, le jeune Litiû répandit de l'huile fermentée autour de la coque, et les tentacules de Zèouês recrachèrent l'embarcation vers le large.

Itehiî'lé et les autres restèrent sur le quai à contempler l'esquif, jusqu'à ce qu'il disparaisse à l'horizon. Les voyageurs se dirigeaient vers l'extrémité du lac, vers le ciel crevassé, vers le Croc noir. L'appel lancinant continuait à fendre le ciel, rendant tout le monde mal à l'aise.

Itehiî'lé se tourna vers la mosaïque géante, et elle inclina respectueusement la tête. Son entourage l'imita. P'iîm l'émissaire allait rendre compte de sa mission. Cette marque d'alliance calmerait la furie du Croc noir. Du moins tous l'espéraient.

Au fond d'elle-même, la Porte-parole du Peuple gardait un doute sur la signification profonde du symbole. Était-ce vraiment un signe de paix, un gage de respect entre le Monde d'En-Haut et le Monde du peuple Kèi ? Pouvait-on se fier à la parole d'un... Être à mains (le mot démon s'imposait plus naturellement à son esprit) ?

L'appel lointain cessa enfin. Parfois, le son s'estompait graduellement. D'autres fois, il s'interrompait brusquement, comme maintenant. Itehiî'lé prit cela pour un bon présage.

Tâchant d'inhiber les sécrétions anxieuses qui inquiéteraient son entourage, Itehiî'lé contemplait le Signe sacré, qui devait désormais protéger son peuple :

Jean-François gardait le regard rivé au grand signe de Jennifer, qui s'amenuisait lentement, tandis que le bateau s'éloignait.

Le symbole ne sautait pas aux yeux de prime abord, avec les couleurs hétéroclites du tracé et du fond. Le fait d'être daltonien avait aidé Jean-François à comprendre. Il était familier des tests de vision des couleurs : des planches couvertes de points colorés, où les gens discernaient un chiffre ou un autre, selon que leur vision était normale, ou que tel ou tel type de récepteur (les cônes) était défectueux dans la rétine. On pouvait confondre des couleurs distinctes ayant une « intensité » similaire.

Les Kèiîû avaient apparemment une vision monochrome. À tonalité égale, ils prêtaient plus attention aux motifs des coquillages, par exemple de fins pointillés, ou l'orientation des rayures. En plissant les yeux, Jean-François évaluait mieux la tonalité. Il avait ainsi réalisé avec stupéfaction ce que représentait la mosaïque.

Le J et le F étaient constitués de nombreux coquillages, adroitement agencés. Mais le 2 provenait d'une seule magnifique coquille spiralée, judicieusement taillée.

« Èokiî'lé », avait dit simplement Eliî en pointant le chiffre. Sa voix paraissait curieusement altérée, Jean-François en ignorait la cause.

Eliî lui avait expliqué pourquoi son peuple érigeait ce symbole, tout en cherchant à obtenir confirmation de cette idée. Les Mères croyaient que l'écharpe n'était pas un cadeau, mais une demande. La notion même de cadeau leur était mystérieuse, dans leur monde où tout se partageait. Les Mères croyaient que les « Êtres à mains », par orgueil ou pour quelque raison inconnue, exigeaient que les Kèiîû arborent leur symbole sacré. Ensuite, leur émissaire Jean-François retournerait vers ses semblables, pour leur annoncer que l'exigence avait été remplie. Et il ferait cesser l'appel du « Croc noir », qui ébranlait le ciel à l'autre bout du lac.

Jean-François n'était pas sûr d'avoir tout compris, mais il s'était bien gardé de détromper Eliî ou les Mères. Il ne voulait pas les décevoir en avouant qu'il n'était pour rien dans ce phénomène... ni les irriter. Comment réagiraient les Kèiîû s'ils le découvraient impuissant et inutile ?

D'ailleurs, il était lui-même curieux d'en savoir plus, de se rendre sur place. On lui avait décrit de façon très vague une sorte de dent noire enfoncée dans la glace. Pourrait-il s'agir d'un instrument d'exploration scientifique ? Jean-François ne s'était jamais intéressé aux recherches en Antarctique. Sa mémoire, que certains qualifiaient d'encyclopédique, se concentrait en réalité sur des marottes précises. Comme le fameux Sherlock Holmes, il avait pour principe de ne pas s'encombrer inutilement l'esprit.

Mais si vraiment des chercheurs avaient envoyé ici un instrument de détection, pourrait-il leur signaler sa présence ? Qui sait, ils trouveraient peut-être un moyen de le faire remonter !

Cette perspective aurait dû l'enthousiasmer. Pourtant, Jean-François ressentait un vague pincement au cœur. Remonter en surface voudrait dire retourner à la routine... et aussi être confronté à des décisions concernant Jennifer. Elle occupait fréquemment ses pensées, mais comment envisager la suite éventuelle de leur relation ? Comment s'adapter à une personnalité si dynamique, si émotive, si explosive ? N'était-ce pas une entreprise vouée à l'échec ? Les relations humaines étaient tellement complexes.

Par comparaison, le monde des Kèiîû lui paraissait maintenant plus simple. Ne serait-ce pas une noble tâche, de rester ici suffisamment longtemps pour mieux découvrir et décrire ce monde, puis lutter pour le préserver des menaces extérieures ?

Toutes ces interrogations étaient encore bien théoriques. Il fallait découvrir d'abord ce qui se cachait vraiment sous ce nom de Croc noir, à l'autre bout du lac.

Le Signe de Jennifer avait disparu au loin. Jean-François se tourna vers l'extrémité opposée du dôme de glace. De ce côté, la coupole s'abaissait graduellement jusqu'à s'enfoncer directement sous les eaux du lac, sans bande riveraine intermédiaire. On était encore à bonne distance, mais avec ses yeux perçants, Jean-François discernait un fin réseau de craquelures dans le mur de glace.

Le son ténu qui venait de là-bas avait cessé. Du moins le croyait-il. Les Kèiîû le percevaient mieux que lui. Oui, décidément, ils devaient être capables d'entendre certaines fréquences trop hautes pour son oreille.

Litiû et Tehiû'lé assuraient la manœuvre de l'embarcation. Un lamantin avait été attelé et l'étonnant « cerf-volant » magnétique lancé. Les deux mâles savaient où trouver ce fameux passage vers la surface. Ils l'avaient déjà emprunté, avant sa mystérieuse obstruction. Jean-François aurait voulu en savoir plus. Mais ses relations avec les deux mâles Kèiû restaient difficiles. Tehiû'lé l'évitait autant que possible, et Litiû, pour une raison ou pour une autre, semblait toujours irrité de sa présence. Seule Eliî semblait maintenant totalement à l'aise avec lui.

* * *

Eliî était très excitée d'entreprendre ce voyage. Elle ne s'était jamais rendue dans les parages du mur de glace. Son passage à la vie adulte devait survenir au prochain cycle, dans la « salle des origines ». Elle avait hâte de découvrir ce lieu chanté pour sa magnificence. L'irruption du Croc noir avait tout remis en question, hélas.

Si P'iîm arrivait à calmer le Croc, qui sait, peut-être même le légendaire passage vers la surface redeviendrait-il accessible ? Malgré les sombres réminiscences de Tehiû'lé, Eliî l'avait souvent questionné sur ce monde étrange, là-haut. Elle rêvait depuis toujours d'entreprendre cette montée initiatique.

Eliî était très fière, aussi, d'avoir appris à communiquer avec P'iîm et d'aider ainsi son peuple. Non seulement elle le comprenait de mieux en mieux, mais elle avait assez d'intuition pour saisir en partie le sens de ses expressions faciales, de son attitude corporelle, ou même de ses faibles odeurs.

Cela l'inquiétait un peu, d'ailleurs. Malgré ce qu'il voulait laisser croire, P'iîm ne semblait pas si sûr de lui, à propos du Croc. En fait, c'était même à se demander s'il savait de quoi il s'agissait. Curieux, pour un émissaire.

Eliî avait naturellement fait part de ses doutes à la Porte-parole des Mères avant le départ.

— Sens-tu de la fourberie ? avait demandé Itehiî'lé. Ce pourrait être un piège.

Eliî avait bien réfléchi. C'était elle qui avait côtoyé P'iîm de plus près, qui était le plus à même de décoder ses expressions.

— Non, je ne sens pas de méchanceté, avait affirmé Eliî.

— Alors allez, avait décidé la Porte-parole du peuple. Mais je vais recommander à tes compagnons de bien le surveiller.

Litiû tendait l'oreille, attentif aux déplacements du démon. Il n'aimait guère le voir se promener ainsi en liberté dans le bateau. Il s'en voulait encore de n'avoir pas assez serré ses liens à l'arrivée. Quelle humiliation !

Le Croc venu d'En-Haut avait retardé le rituel normal de passage à la vie adulte pour la génération de Litiû. Cela expliquait en partie sa colère contre les « Êtres à mains ».

Mais aussi, plus concrètement, il éprouvait un sentiment bizarre. Eliî passait beaucoup de temps avec ce P'iîm. Et cela semblait l'exciter beaucoup, la rendre particulièrement vive et fière. Ce démon, pourtant, n'avait rien de si extraordinaire, quand on le regardait de près. Laid, pas très fort ni agile, apparemment. Litiû ne connaissait pas le concept de jalousie. Ce sentiment, en principe, n'existait pas chez les Kèiîû, qui partageaient tout y compris leurs partenaires. Et pourtant, c'est bien ce qu'il ressentait quand il voyait P'iîm et Eliî en grande conversation, comme maintenant !

Et voilà que tous deux, maintenant, se dirigeaient vers lui !

— P'iîm voudrait en savoir plus sur le passage, sur le Croc noir, sur ce que tu as vu là-bas, siffla Eliî.

— J'ai déjà expliqué souvent au peuple, grogna Litiû, maussade.

— Il n'a pas bien compris. Nous parlons mieux maintenant. Je vais aider à traduire.

Litiû expliqua à contrecoeur. C'était un souvenir pénible. Avec ses camarades du même âge, Litiû s'était rendu au mur de glace au cycle d'initiation précédent. Depuis l'attaque sauvage des démons contre Tehiû'lé, la montée rituelle en surface avait été remplacée par une assemblée solennelle, qui se tenait à l'intérieur d'une vaste cavité glaciaire en début de parcours. Des sculptures cristallines y représentaient les mythes des Kèiîû. Les psalmodiantes récitaient l'histoire du peuple Kèi. Les accouplements collectifs avaient lieu ensuite.

Mais voilà, peu avant la dernière cérémonie, des appels mystérieux avaient commencé, accompagnés de soubresauts et de fentes dans le ciel. Les jeunes entamèrent le parcours avec appréhension. Renoncer à l'initiation apparaissait inimaginable... jusqu'à ce qu'ils parviennent à la salle des origines.

Litiû s'arrêta subitement, troublé par le souvenir. Les poils sur ses épaules frémirent, ses oreilles se cabrèrent... Il s'efforça à grand-peine de maîtriser les sécrétions de peur qu'il sentait monter en lui.

Eliî, gênée pour lui, détourna le museau. Elle raconta elle-même la suite. Comme psalmodiante, elle connaissait l'histoire.

« Horreur. La mirifique chambre de mémoire est brisée. Un long Croc noir fend la glace. Il descend d'En-Haut, du monde des démons. Horreur, peur et fuite ! »

L'Être à mains sifflota quelque chose, à sa façon maladroite et ridicule. Il voulait avoir plus de détails, une description du Croc.

Litiû se détourna brusquement. Sans répondre, il alla rejoindre Tehiû'lé à l'avant.

Litiû avait honte. Il ne pouvait décrire le Croc plus précisément. Lui et les autres avaient fui les lieux, terrorisés. Et ils n'avaient pas accédé à la vie adulte.

Litiû, cette fois, se promettait de ne pas fuir. Le peuple comptait sur lui. Il saurait se montrer brave. Surtout devant cette petite femelle, Eliî.

* * *

Tehiû'lé, enfin, tenait l'occasion d'obtenir les réponses aux questions qui l'avaient hanté toute sa vie. Pourquoi les démons... ou plutôt les « Êtres à mains » comme il fallait maintenant les appeler, pourquoi donc l'avaient-ils puni si sévèrement, alors que ses intentions étaient pacifiques ? S'il avait commis une faute, devait-il suivre l'émissaire vers le Croc, pour expier ?

La navigation allait bien, tout était calme dans le ciel. Tehiû'lé laissa la manœuvre à Litiû. Il se tourna vers l'arrière, vers l'alvéole où il devinait l'ombre du démon. Le vieux gardait ses distances, d'habitude. Mais cette fois il s'approcha de son pas traînant.

Eliî le salua d'un petit couinement ami-
cal, pour l'aider à se repérer. Il s'accroupit
près d'elle.

— J'ai des questions pour le démon, dit-il.

— J'aiderai pour traduire, acquiesça-t-elle.

Tehiû'lé savait que la vive petite avait
déjà raconté son histoire au démon. Aussi
alla-t-il immédiatement au vif du sujet.

— Pourquoi les tiens m'ont attaqué ?
souffla-t-il.

Le démon parla. Il hésitait. Il sifflait mal.
Eliî répéta.

— Il suppose que... les Êtres à mains
croyaient que tu étais dangereux. Ils utili-
sent quelque chose pour se défendre... je ne
comprends pas... des armes ?

Le démon expliqua. Eliî continuait de
traduire.

— Il dit : Des... objets pour faire mal...
à distance.

— C'est méchant, protesta Tehiû'lé. Je
n'étais pas méchant.

— Il dit : les Êtres à mains là-haut ont
eu... peur, peut-être.

— Peur ? s'étonna Tehiû'lé. Je n'étais pas
méchant, répéta le vieux.

— Il dit : Parfois quelqu'un a peur de ce
qu'il ne connaît pas... Il dit : Comme moi,

votre peuple a peur de moi. Vous me prenez pour un démon.

Eliî, délaissant son rôle de traductrice, répliqua elle-même à P'iîm :

— Nous t'avons soigné et écouté. Pas fait mal.

— C'est bête ! grogna Tehiû'lé avec une vigueur inattendue.

Le vieux fixa le démon bien en face, comme si ses yeux voilés pouvaient lire dans le regard de P'iîm.

— L'appel est pour frapper Tehiû'lé encore ? demanda-t-il.

Il avait parlé très lentement, pour être bien sûr que l'Être à mains le comprenne. Celui-ci fit de même. Tehiû'lé parvint à saisir le sens sans l'intermédiaire de la petite.

— Non. Toi rien fait de mal.

Le vieux resta un moment sans répondre. Puis il se releva et s'éloigna. Son boitillement semblait plus léger, soudain.

— Bien. Je monterai pour guider, alors, lança-t-il sans se retourner.

* * *

À mi-parcours, le Cocron fit escale près du lieu d'élevage des dodruches. Il fallait nourrir le lamentin et le laisser se reposer un peu. Les

Kèiîû en profitèrent pour ramasser quelques œufs et vérifier l'état du troupeau. Ensuite, ils rentrèrent faire la sieste. Jean-François les imita. Ces gestes routiniers masquaient une sourde tension. L'inconnu les attendait.

La navigation reprit. Puis, à l'approche du mur de glace, l'appel résonna. À cette distance, même Jean-François entendait bien ce son discordant. Les courants de lumiores étaient affectés, ils dessinaient sur la coupole glacée un réseau en arc-de-cercle qui tressautait continuellement.

Eliî fixait Jean-François d'un regard pénétrant :

— Sais-tu vraiment ce qui nous attend, là-bas ? Sais-tu comment arrêter le Croc ? J'ai parfois l'impression que tu n'es pas un émissaire !

Jean-François hésita. Il avait le sentiment de ne rien pouvoir cacher à ces petits yeux gris si perspicaces. Il n'eut pas à décider s'il devrait lui avouer la vérité. Qu'il n'était qu'un naufragé perdu dans ce monde perdu, et qu'il dépendait absolument de leur bon vouloir.

À l'avant, Litiû lâcha un sifflement d'alarme.

— Zèiaâ !

Jean-François se rua vers un hublot. Trois plésiosaures les attaquaient.

16

Le Croc noir

Tehiû'lé saisit son chalumeau à bulles, Litiû agrippa le récipient d'huile fermentée, Eliî lança un œuf par-dessus bord. Mais tout se passa trop vite.

Deux des carnivores éventrèrent le lamantin de trait, sans que la pauvre bête ait aucune chance de fuir. Mais au lieu de dévorer leur proie, ils se bousculèrent l'un l'autre tandis que la carcasse du lamantin coulait au fond. Le troisième prédateur attaqua le Cocron de ses dents acérées. Ce n'était pas un comportement normal.

C'était l'appel du Croc noir qui les perturbait. Des vibrations agitaient le ciel de glace. Une fine pluie de cristaux blancs tombait sur les eaux.

Litiû grimpa sur le pont juste devant le monstre qui mordait la coque. Il lui balança un seau d'huile fermentée dans les yeux. La bête poussa une sorte de barrissement et lâcha prise.

À ce moment, de vives palpitations des lumiores accompagnèrent une vibration plus forte dans le ciel. Plusieurs blocs de glace se détachèrent de la coupole et tombèrent dans le lac avec fracas en faisant jaillir des gerbes d'eau.

Les deux plésiosaures qui se querellaient s'égaillèrent dans des directions opposées. Le troisième plongea et ne reparut plus.

Une des alvéoles du Cocron, abimée par les dents du prédateur, faisait eau. Eliî tira sur un filin à l'entrée de ce compartiment, et l'alvéole se referma, colmatant en partie la brèche. Heureusement, la rive était proche. Tehiû'lé fit pivoter la voile magnétique, guidé par Litiû. Le Cocron s'engagea derrière des arêtes de glace. Tehiû'lé ramena la voile, et Litiû, à l'aide d'une grande perche, poussa l'embarcation en sécurité dans une petite crique peu profonde, juste au pied de la paroi glacée.

Quelque part derrière la paroi, l'appel résonnait, plus intense que jamais. Ils étaient tout près de l'antre du Croc noir.

* * *

L'eau s'insinuait lentement par l'alvéole déchirée. Même si l'expédition n'était guère éloignée de sa destination, le Cocron ne pourrait naviguer longtemps dans ces conditions.

Les trois Kèiîû se concertèrent. Ils sifflaient trop vite, et Jean-François n'arriva pas à tout saisir. Puis, Litiû monta sur la coque et Tehiû'lé gagna la proue de l'embarcation. Eliî traduisit ce qui avait été décidé.

— Tehiû'lé essaie de lancer une voile pour naviguer. Litiû pousse sur la paroi avec la perche pour nous faire avancer. Moi je vais réparer la coque.

Elle ouvrit un tonnelet fait d'un tronc de prêle et y puisa quelque chose. Une substance filamenteuse, très fine et flexible, qui baignait dans un liquide visqueux. Eliî en appliqua plusieurs couches sur la brèche. Puis elle secoua le contenu d'une outre au-dessus. Il en tomba... des dizaines de cramis, les crabes-fourmis !

Jean-Fançois eut un sursaut de dégoût. Les bestioles, d'abord indolentes, commencèrent rapidement à frétiller et à s'agiter en tous sens sur la partie à rapiécer.

— Les îiisss vont retisser une pièce aussi solide qu'avant, expliqua Eliî.

— Cette vermine va infester tout le bateau ! s'inquiéta Jean-François.

Eliî se permit un sifflement moqueur, devant l'émoi de P'iîm. Il se souvenait de sa rencontre avec les îiisss sauvages.

— Mais non, ce sont des îiisss domestiques. Dès qu'ils auront mastiqué tout le suc liant, ils vont retomber en sommeil.

De fait, après un certain temps, les « cramis domestiques » cessèrent de s'agiter. Eliî les récupéra un à un et les remit en conserve. L'endroit où la coque avait été rapiécée était luisant, mais sec au toucher. Il n'y avait plus d'infiltration d'eau.

Tout danger n'était pas écarté, cependant. Le « tremblement de ciel » continuait. De temps en temps, un « plouf » résonnait à proximité quand une stalactite se détachait du dôme et tombait près du Cocron. À un moment donné, une section du plafond fibreux s'abaissa brusquement vers l'intérieur, et des sifflements aigus fusèrent au-dehors.

Eliî passa hâtivement la tête par la trappe.

— Litiû ?

Le jeune mâle, sur la coque, grogna quelque chose. Eliî tâta de l'intérieur la zone affectée. Les fibres, souples et élastiques, avaient plus ou moins repris leur forme. Litiû passa la tête par l'ouverture entrebâillée. Son pelage était couvert de granules glacés.

— Ça va, siffla Eliî, rien de déchiré cette fois.

Des fragments de glace avaient rebondi sur le Cocron, sans conséquence heureusement. De fins flocons s'infiltraient par la trappe ouverte. Une neige insolite qui tombait par intermittence, à chaque secousse un peu plus forte dans le ciel.

Litiû referma l'accès. On l'entendit grogner à l'extérieur, tandis qu'il reprenait ses efforts. S'arcboutant avec sa longue perche contre la paroi glacée toute proche, il faisait progresser l'esquif par à-coups grâce à de vigoureuses poussées.

De son côté, Tehiû'lé, les poils de sa crinière hérissés pêle-mêle, lançait des sifflements dépités. Il avait essayé plusieurs fois de lancer une voile. Chaque fois, le cerf-volant minéral s'emballait, s'agitait follement dans une direction puis dans une autre, ou retombait brusquement, givré de neige, sans avoir fait œuvre utile.

— Les courants sont trop contradictoires, ici, expliqua Eliî.

Tout de même, le Cocron avançait lentement le long de la paroi inégale, grâce aux poussées constantes de Litiû. Les halètements du jeune mâle résonnaient à travers la paroi mince.

Jean-François jeta un coup d'œil par le hublot.

— Moi aider ? siffla-t-il.

— Sssoô ! siffla rageusement Litiû, entre deux efforts.

Le jeune mâle ajouta quelque chose. Eliî traduisit :

— Non. Pas nécessaire.

Tehiû'lé émit un gloussement. Jean-François se demanda si c'était un rire. Car il croyait avoir entendu autre chose comme :

« *ïîm* pas habile. Va glisser et se faire bouffer par les bestioles. »

De fait, Litiû déployait des prodiges d'équilibre pour se maintenir sur la coque humide saupoudrée de neige. Tantôt sa perche glissait sur des sections lisses de la paroi, tantôt elle manquait de se coincer dans les nombreuses fissures.

Enfin, l'appel lancinant du Croc se tut. Les lumiores dans le ciel cessèrent graduellement de tressauter, les chutes de glace et de neige s'arrêtèrent. Au grand soulagement de tous.

Quoique maintenant, alors qu'ils approchaient de leur destination, le silence même avait quelque chose d'oppressant. Jean-François, le premier, aperçut une marque sur la paroi au loin.

— Qu'est-ce que c'est, là-bas ? demanda-t-il en montrant la forme du doigt.

Des cailloux avaient été incrustés dans la glace. Les craquelures en avaient fait tomber quelques-uns. Mais Jean-François réalisa, en complétant mentalement les espaces vides, qu'il s'agissait d'une ellipse, avec un côté noir et un côté pâle. Il se rappela avoir déjà vu quelque chose de semblable. Une indication de direction...

Tehiû'lé rentrait et sortait nerveusement ses griffes médianes émoussées. La crinière à plat, les oreilles rabattues. Sans voir le symbole, il savait qu'on approchait.

Litiû, de l'extérieur, siffla quelque chose. Son ton chevrotait un peu. L'émotion ? La peur ? Jean-François n'aurait pu le dire, mais il comprit la signification.

Le côté sombre de l'ellipse pointait vers une échancrure dans la paroi glacée, un peu plus loin. Des cailloux noirs scintillants, dont plusieurs manquaient, avaient été sertis dans la glace autour de l'ouverture.

Ils étaient arrivés. C'était l'entrée du passage. L'accès vers le Monde d'En-Haut, sous la garde du Croc noir.

Les trois Kèiîû et l'humain progressaient lentement dans le tunnel de glace à demi-effondré. Des lumiores couraient çà et là, assurant un éclairage fantasmagorique. Le tunnel montait doucement au début, pendant un bon moment. Puis la pente s'accentuait, et il fallait grimper d'un bloc à l'autre, en s'agrippant aux aspérités glissantes.

Litiû et Eliî, plus agiles, devaient attendre et aider les deux autres. Leurs coussinets plantaires souples et antidérapants facilitaient leur progression. Le jeune Kèiû faisait abondamment usage de ses griffes au doigt médian de chaque patte. Celles-ci étaient moins développées chez les femelles, mais Eliî compensait par une grande souplesse. Jean-François, quoique vigoureux, n'avait pas une morphologie aussi bien adaptée aux circonstances. Et le pauvre Tehiû'lé traînait littéralement de la patte.

Avant de partir, Litiû et Eliî avaient suggéré à l'aïeul de les attendre à bord du bateau.

— Je vous guide, avait insisté Tehiû'lé. Les démons sauront que je n'ai pas peur.

Plus tard, Jean-François avait entendu les deux jeunes siffloter tout bas, entre eux :

— Pas peur ? disait Litiû. Le vieux empeste la peur !

— Il est brave, disait Eliî. Il veut vaincre la crainte qui ne le quitte plus depuis le jour de sa blessure là-haut.

Tehiû'lé se révélait un piètre guide. Même avec l'usage de ses yeux, il aurait eu de la difficulté à se repérer. Il n'avait parcouru ce tunnel qu'une fois, il y avait bien longtemps, et il était inconscient quand ses compagnons l'avaient ramené aux rives du Lac des glaces.

Et puis le tunnel avait été déformé et abimé, depuis tout ce temps.

Litiû, au contraire, gardait un vif souvenir de cette partie du trajet. Il l'avait parcourue plus récemment, lors de l'initiation manquée de sa génération.

— On arrive à la salle des origines, souffla-t-il.

Eliî remarqua les oreilles arquées du jeune mâle, les poils de sa crinière tendus. Elle sentit les effluves qu'il n'arrivait pas à contrôler. Il avait peur, lui aussi.

Le tunnel encombré déboucha soudain dans une caverne allongée, assez haute.

Jean-François poussa une exclamation de surprise. Eliî émit un sifflement. Litiû se taisait, tandis que Tehiû'lé reprenait son souffle.

L'endroit était une féérie de glace. Des lumiores ondoyaient entre des piliers miroitants, des stalactites et des stalagmites minutieusement ciselées. Des formes évoquant des personnages, des animaux ou des plantes y étaient représentées. C'était l'histoire et la mythologie du peuple Kèi. Un style pas vraiment figuratif, mais très expressif. L'œuvre extraordinaire de générations d'artisans et des Michel-Ange de ce monde souterrain. Ou plutôt, ce qui en restait.

La salle était en ruine. Les piliers à demi effondrés. Les sculptures éclatées en une multitude de cristaux de glace. Les débris baignaient dans un liquide jaunâtre qui suintait des parois crevassées.

— La bave du Croc noir, sifflota Litiû, la voix chevrotante.

Eliî poussait des sifflements étouffés, à la fois admiratifs et plaintifs. Les psalmodiantes chantaient la beauté de cette salle depuis toujours. Elle ne la connaîtrait jamais dans sa splendeur passée. Les dommages étaient plus grands que ce qu'avaient raconté les candidats à l'initiation. La destruction avait progressé depuis, sans doute. Eliî se tourna vers Jean-François.

— C'est votre faute, les Êtres à mains. Pourquoi détruire notre histoire ?

— Je ne suis pas responsable, protesta Jean-François. Qu'est-ce qui a fait ça ?

Litiû pointa son doigt médian vers une paroi, la griffe à demi rétractée.

— Là... chuchota-t-il. Il était là...

La pureté et la transparence de la glace, ici, étaient exceptionnelles. C'est sans doute pourquoi cet emplacement avait été choisi pour y ciseler ces sculptures de glace raffinées.

Tout un réseau de craquelures avait altéré la qualité de la glace. Néanmoins, à la lueur fantasmagorique des lumiores, on devinait une forme plus régulière, enfouie au sein du mur de glace.

— Le Croc noir ? siffla Eliî d'un ton aigu.

Tehiû'lé se tassa sur lui-même. Litiû plaqua sa patte sur la gueule d'Eliî et la fit reculer.

Mais la structure dans la glace restait immobile. Nul appel ne retentit.

— Non... il n'était pas comme ça. Sa trace, je pense.

Jean-François, prenant l'initiative, monta sur un talus, où les lumiores clignotaient davantage, et colla son nez à la paroi glacée, scrutant les profondeurs.

L'ombre allongée ne bougeait pas. Ce n'était pas un instrument scientifique. Un trou, plutôt. Un long et mince puits creusé dans la glace, rempli d'un liquide jaunâtre qui suintait par les fissures. Quelque chose miroitait d'un éclat métallique au milieu de ce conduit. Un long câble mince. Ses extrémités inférieures et supérieures se perdaient dans la pénombre translucide.

Les trois Kèiîû sifflotaient à voix basse, en regardant P'iîm, comptant manifestement qu'il fasse quelque chose. Jean-François examina le talus où il avait grimpé. Le surplomb avait manifestement été aplani, c'était un sentier qui longeait la paroi et montait jusqu'à un nouveau passage s'ouvrant plus haut. Des lumiores jouaient sur une petite ellipse de pierre à l'entrée, comme un indi-cateur lumineux. La paroi s'incurvait à ce niveau et le passage se rapprochait de la trace du Croc noir.

— C'est par là la surface ? demanda Jean-François. On y va ?

Les Kèiîû continuaient de palabrer, in-décis. Eliî siffla impatiemment :

— P'iîm doit dire aux siens d'arrêter ce Croc maudit !

Elle grimpa rejoindre Jean-François sur le talus. Les deux autres, après un moment d'hésitation, la suivirent.

Jean-François et Eliî s'engageaient déjà vers le tunnel supérieur quand Tehiû'lé les héla.

Le vieux sortit quelque chose de sa poche ventrale. Des petits sachets fibreux. Il sifflota, et Eliî expliqua.

— J'oubliais. Il y avait un rituel, autrefois, avant la montée.

Elle prit sa voix de psalmodiante.

« Initié ! Bois maintenant la force pour affronter le Haut ! »

Tehiû'lé tendit un sachet à ses deux congé-nères, en les saluant à tour de rôle, tête baissée, la paume tendue sur la poitrine de l'autre. Il n'alla pas jusqu'à appliquer la salutation rituelle à Jean-François, mais il lui tendit également un sachet. Les Kèiîû mastiquèrent avec concentration l'objet, les yeux clos, avant de l'avaler. Le jeune homme les imita.

Le sachet contenait un liquide visqueux, noirâtre, au goût amer et moisi. Dégoûtant. Puis, il sentit une sorte de chaleur l'envahir.

— Pour donner la force, expliqua Eliî, rayonnante.

Effectivement, quel que fût le contenu de cette potion, Jean-François se sentait subitement tout ragaillardi.

Eliî continua, de son ton déclamatoire :

« Initié ! Que les lumiores te guident jusqu'au Toit ! »

C'était le signal du départ. À la file indienne, Tehiû'lé devant, Eliî et Jean-François au milieu et Litiû fermant la marche, ils s'engagèrent dans le tunnel qui montait vers le monde extérieur.

* * *

Avec grande difficulté, ils progressèrent dans le tunnel en pente raide, en partie obstrué. Ils devaient grimper sur des blocs en équilibre instable, dégager continuellement des débris.

Par intermittence, on longeait le puits étroit visible à travers la glace. Une substance huileuse dégouttait des craquelures. Les Kèiîû reniflaient avec dégoût. Toujours aucun signe du « Croc noir » qui avait laissé cette « bave ».

Tehiû'lé avait eu un regain d'énergie momentanée dû à sa mixture noirâtre. Mais il ne garda pas longtemps la tête. Litiû devait continuellement le soutenir. Eliî et Jean-François se débrouillaient tant bien que mal.

Les lumiores déclinaient, ralentissant leur progression. Ici et là, apparaissait une ellipse de cailloux incrustée dans la paroi. Les lueurs s'avivaient autour, marquant le chemin. « Que les lumiores te guident jusqu'au Toit ! » avait dit Eliî.

Jean-François lui demanda plus d'explications.

« Pousse le Toit et fraie ta voie vers la Grande lumière, vers le Blanc infini qui siffle le chant du froid », psalmodia-t-elle.

Pas évident à comprendre, son langage poétique ! Tehiû'lé, entre deux halètements, donna quelques précisions par l'intermédiaire d'Eliî. Une mince coupole fibreuse recouvrait l'ouverture du passage en surface. Installée par les anciens des générations auparavant et entretenue par les initiés à chaque montée. Il y avait toujours un peu de neige au-dessus, mais pas beaucoup, chassée par le froid qui siffle (le blizzard ?) qui évitait les accumulations.

Mais Tehiû'lé ne développait pas beaucoup ses réponses, trop occupé à chercher son souffle. S'il avait été moins exténué, il aurait peut-être senti venir plus tôt le changement. Le vieux perçut un picotement dans les poils de sa crinière au moment même où Jean-François remarquait une fluctuation dans le rythme des lumiores.

— Attention, cria Tehiû'lé, l'appel vient !

Les lumiores s'intensifièrent soudain. Montant des profondeurs, un son aigu leur parvint. Même Jean-François l'entendait bien.

Les lumiores se mirent à tournoyer. Elles s'engouffrèrent à travers les fissures de la glace, qui sembla s'illuminer de l'intérieur. Le câble métallique au milieu du conduit étincela. Il frémit comme un gros ver luisant. Jean-François se plaqua les yeux contre la paroi glacée, fixa le filin éblouissant. Avait-il la berlue ? Il sentait des vibrations à travers la glace.

— Le câble remonte ! s'exclama-t-il.

Mais les trois Kèiîû ne l'entendirent pas, les oreilles crispées sous leur fourrure.

Le son était intolérable. Tehiû'lé recula en trébuchant au fond du tunnel. Eliî et Litiû étaient recroquevillés par terre, serrés l'un contre l'autre.

Les vibrations s'intensifièrent. Les mêmes secousses qui se répercutaient jusqu'au dôme et fendillaient le ciel de glace. Un feu d'artifice de lumiores virevoltait au sein du passage. Et Jean-François, fasciné, vit s'élever le Croc.

Il remontait des profondeurs, tiré par le câble. Un long cylindre noir, du même diamètre que le puits. Les lumiores tourbillonnaient autour. L'objet était agité de secousses rapides, amorties par le liquide où il baignait.

Jean-François, fasciné, fixait l'engin. Il discernait des joints métalliques, des rivets et aussi un dessin jaune tout éraflé :

Il pensa à une dent... ou à un démon !

Dans le passage déjà ébranlé où ils se trouvaient, une longue fissure s'élargit soudain. Une avalanche de débris glacés s'abattit sur le petit groupe.

17

Remontée

Tehiû'lé, affolé, plaqué dans une anfractuosité en contrebas, avait senti les éclats de glace rouler autour de lui. Mais il était sain et sauf. Encore une fois, il avait échappé à la colère des démons.

Les lueurs folles dansaient toujours devant ses yeux voilés. L'horrible appel continuait. Mais il y avait un autre appel aussi, plus ténu. Le démon P'iîm !

— Au secours ! À l'aide !

Et Litiû ? Eliî ? Tehiû'lé les appela, éperdu. Pas de réponse. Ou plutôt... la réponse du démon, seulement :

— Ici, il faut les dégager, vite, Tehiû'lé !

Tehiû'lé sentit la peur exsudée par toutes les glandes de sa peau. Toute sa peur sécrétée d'un coup hors de son corps. Il se redressa en titubant. Plus le moment de tergiverser. Plus de temps pour les timorés. Le vieux répondit à l'appel du démon, au milieu des lumiores tournoyantes et du cri suraigu du Croc. Il courut en boitant et en trébuchant vers la voix de P'iîm.

— Aide-moi ! Ma jambe !

Le démon s'égosillait pour se faire entendre, par-dessus le hurlement du Croc.

Tehiû'lé tâtonna, réprimant un frisson en touchant le démon. P'iîm était coincé sous un gros bloc de glace. Avec la vigueur du désespoir, Tehiû'lé réussit à arracher le bloc aux débris environnants.

— Litiû ? Eliî ? haleta-t-il.

— Par là, vite, cria le démon P'iîm en lui saisissant la patte.

Litiû et Eliî avaient été séparés par la force de l'avalanche. Litiû gisait contre la paroi, inconscient. Il avait des entailles sanguinolentes sur la nuque et l'épaule, mais il respirait. Eliî... avait disparu !

Tehiû'lé huma l'air fébrilement.

— Là ! lança-t-il.

Il se rua sur un amas de neige et de glace, commença frénétiquement à retirer des débris avec ses quatre pattes. Jean-François se précipita pour l'aider. Un bout de pelage apparut. Côte à côte, l'humain et le Kèiû redoublèrent d'efforts.

L'appel strident s'atténuait. Puis, il cessa tout à fait. Dans l'excitation du moment, c'est à peine s'ils le remarquèrent.

Ils dégagèrent un bras flasque, le torse immobile. Puis, avec mille précautions, la tête enfouie dans la neige. Eliî avait les yeux clos. Elle ne respirait plus.

Jean-François hésita. Dans sa jeunesse, il avait longtemps été réticent aux contacts physiques. Peu à peu, avec quelque difficulté, il avait surmonté cette réaction. Il avait connu l'intimité avec des filles, même si cela s'avérait assez troublant. Mais il restait sur ses gardes. À ses cours de natation, il appréhendait les exercices de réanimation. Heureusement, la plupart du temps, on procédait avec un mannequin, ou on soufflait dans un gadget pour éviter le contact direct.

L'hésitation ne dura qu'une fraction de seconde. Jean-François plaqua sa bouche contre le museau d'Eliî. Il pinça... la truffe, et souffla, puis relâcha. Encore. Et encore.

Il entendit un grognement derrière lui. Litiû reprenait conscience. Pas le temps d'expliquer. Souffler. Encore.

— Reviens, Eliî, reviens !

Jean-François ne réalisait plus s'il s'exprimait dans son propre langage ou celui des Kèiîû. Le grognement de Litiû s'intensifia, s'approcha très vite, furieux, menaçant.

Tehiû'lé siffla et tendit la patte pour retenir le jeune.

Le temps resta suspendu, une seconde ou une éternité, pendant que Jean-François poursuivait les manœuvres de réanimation. Soudain, Eliî eut un hoquet, et elle se mit à tousser et à cracher de la neige. Enfin, elle ouvrit les yeux, des yeux apeurés et interrogateurs. Elle prit deux ou trois grandes inspirations haletantes et fut secouée d'une autre quinte de toux. Puis, elle referma les yeux. Elle respirait à petits coups rapides. Mais elle respirait.

— P'iîm a sauvé Eliî ! s'extasia Tehiû'lé.

Litiû fit mine de soulever la petite Kèiî. Elle gémit, en portant la patte à son torse.

— Doucement, dit Jean-François, elle a peut-être une côte cassée.

Litiû devina ou comprit, et redéposa la petite Kèiî sur son lit de neige. Lui-même avait l'air plutôt chambranlant.

— Tu es blessé, dit Jean-François. Laisse-moi examiner cela.

Litiû sursauta quand P'iîm s'approcha de lui, mais Tehiû'lé dit quelque chose et il se laissa faire. Du sang suintait de sa blessure. Pas trop, heureusement. Il faudrait une compresse, décida Jean-François, dans son nouveau rôle d'infirmier improvisé. Quoi utiliser ?

Son écharpe, peut-être ? Jean-François contempla le foulard. Il esquissa une grimace mélancolique, et se décida. Il se servit de la bande de tissu pour faire un bandage improvisé autour de l'épaule du Kèiû.

Litiû, les yeux écarquillés, siffla quelque chose en le voyant faire.

— Le Signe sacré !

À ces mots, Jean-François eut une inspiration. Il fronça les sourcils, conscient des options qui leur restaient. Ses doigts étaient tachés de sang du Kèiû. Laborieusement, il traça quelques signes. Il les devinait à peine, en rouge sombre sur le fond vert du bandage-écharpe.

L'autre le laissait faire, frémissant, impressionné de porter le symbole sacré.

— Quoi, maintenant ?

C'est Tehiû'lé qui posait la question. Il y avait un changement dans son attitude. Jean-François ne pouvait le percevoir, mais Litiû le sentit. Le vieux était curieusement paisible. Presque heureux, aussi étrange que ce soit dans les circonstances. Il avait vaincu sa peur en courant sauver P'iîm, au milieu de l'appel terrifiant. Il était quitte avec les démons, maintenant.

Jean-François examina la paroi de glace dans la pénombre revenue. Plus de « Croc ». L'appareil était remonté. Un engin de forage ou une sonde scientifique, sans doute. Il ne restait que sa trace, le long puits huileux.

Le passage qui menait vers la surface était fragilisé par l'éboulis récent, encombré, inquiétant. Ça passerait encore, malgré tout. Du moins un jeune humain téméraire y arriverait peut-être. Certainement pas un Kèiû âgé et boiteux.

Jean-François prit sa résolution. Ce serait difficile. Une sourde tension le tenaillait. Mais il n'avait pas le choix. Le jeune homme se tourna vers Tehiû'lé. Sans Eliî comme interprète, il devait redoubler d'efforts pour parler lentement et distinctement, dans un style télégraphique.

— Pym monter, dire Êtres à mains arrêter. Toi, trop difficile, soigner Eliî, retourner Zèouês. Litiû aider Tehiû'lé. Pym continuer seul.

Les deux mâles Kèiîû se concertèrent un moment. Puis, contre toute attente, Tehiû'lé plaça sa patte ouverte sur la poitrine de Jean-François. Le signe de salutation.

— Suivre yeux de lumiores pour chemin En-Haut, dit-il.

Les ellipses de pierre. Jean-François hocha la tête. Puis il se tourna vers Litiû et le regarda directement. L'autre soutint son regard.

— Si Pym peut pas arrêter Croc, peuple Kèi doit porter Signe sacré En-Haut.

Mieux valait prévoir un plan B. Si lui-même n'arrivait pas à atteindre la surface, ce serait aux Kèiîû de prendre l'initiative. Litiû ou un autre devraient aller porter ce message aux scientifiques de la surface. Jean-François désigna l'écharpe, où il avait inscrit un message :

SOS Stop ᗺ

Litiû comprit-il ? Impossible à dire. Il inclina simplement la tête vers Jean-François. Ensuite, il saisit délicatement la petite Kèiî. Eliî gémit doucement, les yeux mi-clos. Elle émit un faible sifflement. Litiû s'approcha de Jean-François, portant son précieux fardeau.

Eliî entrouvrit les yeux, souleva sa petite patte jusqu'à la poitrine du garçon.

— Les lumiores te guident. Merci, P'iîm. Adieu.

— Au revoir, dit Jean-François. Je ne vous abandonnerai pas.

Les yeux de la petite femelle s'avivèrent un peu. Puis, elle les referma et porta la patte à ses côtes. Les deux Kèiîû se détournèrent. Sans un mot de plus, ils entreprirent avec précaution la descente.

Jean-François se tourna en sens opposé et commença à grimper. Les Kèiîû n'avaient guère donné d'indications sur la durée de l'ascension. Lui-même ignorait l'épaisseur de la calotte polaire, cela ne faisait pas partie de ses champs d'intérêt. Machinalement, pour se donner du courage, il tendit les doigts vers l'écharpe de Jennifer. Pour se rappeler aussitôt qu'il ne l'avait plus.

Jean-François soupira et continua à grimper, laissant errer ses pensées.

Que faire, si jamais il atteignait la surface ? Il avait dit au revoir à Eliî. Il lui avait dit qu'il n'abandonnerait pas le Peuple du Lac. Découvrir le monde d'une espèce étrangère lui semblait plus facile, d'une certaine façon, que d'approfondir une relation humaine dans son propre monde. Devant Jennifer, Jean-François se sentait vulnérable, hors de sa zone de confort intellectuel, trop près de ses émotions. C'était à la fois envoûtant et troublant.

Jean-François soupira de nouveau.

Non, décida-t-il, *j'ai trouvé ma vraie place ici.*

Explorer un nouveau monde, faire progresser la science, c'était une chance unique, songeait-il. S'il arrivait en haut, il deviendrait le porte-parole des Kèiîû, leur ambassadeur pour les défendre des humains. Il enverrait des messages à ses parents et à Jennifer, pour les rassurer. Ensuite, il reviendrait ici. Il en aurait pour la vie, à étudier cet écosystème.

Ce monologue intérieur le distrayait de l'environnement hostile, ce passage cahoteux et glacé qui montait en pente raide. Les lumiores se faisaient plus ternes. À chaque pas, il sentait un élancement dans son mollet. La jambe qui avait été coincée par le bloc de glace.

Jean-François s'arrêta, releva le bas du pantalon, s'arracha les yeux pour examiner la blessure. Pas de coupure. Juste un gros bleu. Il reprit la route, en serrant les dents.

Peu à peu, le passage s'éloigna du puits du « Croc ». Jean-François perdit bientôt complètement de vue la trace sombre. En même temps, le chemin devenait moins encombré. Les vibrations ne s'étaient pas propagées jusqu'ici.

Avant de quitter le Cocron, il avait bien mangé, deux gros œufs de dodruche. La mixture de Tehiû'lé lui donnait aussi de l'énergie. Il pouvait tenir longtemps. Il s'efforçait de monter à un rythme régulier. Le seul ennui, c'était cet élancement dans le mollet. Il commençait à boitiller. Finalement, à défaut de Tehiû'lé, un autre boiteux atteindrait le monde d'En-Haut. Peut-être.

Pour ne pas penser à la douleur, il entreprit de compter les nombres premiers, par groupes de 5, en visualisant intensément l'aspect qu'il attribuait mentalement au premier et au dernier nombre de chaque palier :

2... *3*... *5*... *7*... *11*...

13... *17*... *19*... *23*... *29*...

31... *37*... *41*... *43*... *47*...

C'était peut-être aussi bien d'ignorer la longueur du trajet, en fin de compte. Moins décourageant.

Quatrième partie

CHARCOT

18

Contrariétés pour contremaître

Le contremaître principal Aksel Madsen saisit la canette parmi le fouillis de paperasse sur son bureau. Il reste un peu de cola au fond. Il fait tourner le liquide tiède un moment dans sa bouche avant de l'avaler. Puis, il se penche sur les derniers rapports d'opération. Il soupire et en fronce ses gros sourcils. Les pépins continuent.

Diverses techniques sont utilisées pour les forages glaciaires. Au lac Vostok, les Russes ont employé une foreuse mécanique à lames rotatives. Leur puits est rempli d'un mélange antigel de kérosène et de fréon. Cela soulève la controverse, car les puristes craignent que cela pollue les eaux du lac subglaciaire. Au lac Ellsworth, les Britanniques creusent la glace à l'aide d'un jet d'eau chaude sous haute pression. Ça ne va pas sans complications, et il faut se hâter de prélever des échantillons, car le conduit regèle très vite.

À la station Charcot, on privilégie une approche mixte. La majeure partie du puits est remplie d'une mixture antigel, ce qui le rend accessible en permanence. Pour le dernier tronçon juste au-dessus du lac, un élément chauffant à l'extrémité de la foreuse perce la glace, tandis qu'un système de pompe et de clapet refoule l'antigel à l'arrière. Une sonde prélève des échantillons d'eau du lac, puis un long filin relié à un treuil en surface remonte le tout. Entre les prélèvements, un bouchon de glace se reforme au fond du puits et prévient toute contamination.

Ça c'est la théorie. Si tout fonctionne bien, la compagnie va faire de beaux profits avec l'exploitation des brevets. En pratique, la mécanique est complexe. La foreuse vibre trop, surtout aux abords du lac. Ce serait dû, croit-on, à des interférences entre le champ magnétique terrestre, des dépôts minéraux en profondeur et les circuits électriques ou les pièces métalliques de la foreuse.

Le problème, c'est que ces vibrations créent des microfissures et des fuites dans le puits de forage. Le mélange antigel pourrait s'infiltrer jusqu'au lac. Oh, pas grand-chose, sans doute, par rapport à l'énorme volume d'eau là-dessous. Mais les écolos, s'ils apprenaient ça, crieraient à la pollution et feraient un scandale. Les patrons de Madsen insistent pour qu'il reste discret et règle rapidement ces petits imprévus. Sinon, le Consortium devra rendre des comptes, car un traité international protège l'Antarctique.

Ce n'est pas si grave, après tout. Au pire, on dérange quelques microbes. En effet, les premiers échantillons d'eau ont révélé une variété inattendue de micro-organismes. Ça excite beaucoup les chercheurs, mais ils discutent encore à savoir s'ils proviennent vraiment du lac, ou de contaminations en surface.

Quoique, songe Madsen, toute bestiole à la ronde s'enfuirait, dans les conditions actuelles. Avec le boucan que doivent générer ces foutues vibrations de la foreuse dans un puits confiné. Et puis le collecteur d'échantillon n'est pas bien gros. Si le monstre du Loch Ness se cachait là-dessous, on serait bien en peine de le trouver !

On planche encore sur d'autres techniques d'exploration, module de collecte des sédiments, caméras, mini sous-marin... Mais la plupart des chercheurs conviennent que seule une vie microscopique pourrait subsister dans le lac. Selon eux, la pression et les conditions physico-chimiques régnant là-dessous rendent parfaitement impossible toute vie plus évoluée.

Le parcours de la foreuse à travers la glace l'amène directement sous l'eau. Mais des relevés récents, réalisés avec des sonars sophistiqués, révèlent un phénomène intrigant. Une vaste poche d'air au-dessus de la surface du lac, non loin de la foreuse. Une anomalie difficile à expliquer d'un point de vue géo-glaciaire. Certains chercheurs de la station croient tout simplement à un résultat erroné, une mauvaise lecture des instruments. D'autres élaborent des hypothèses complexes, faisant intervenir un équilibre avec les forces électromagnétiques régnant dans ces profondeurs. Des métaux et des terres rares, enfouis au fond du lac ou dilués dans les glaces environnantes, pourraient influencer ces conditions particulières.

Madsen sait que les concentrations en minéraux dans les échantillons intéressent beaucoup ses patrons. S'il y avait des dépôts intéressants au fond du lac Charcot, ça pourrait valoir très cher. Le contremaître soupçonne qu'ultimement, c'est ce qui attire vraiment sa compagnie, bien plus que les recherches scientifiques sur de minables microbes.

Tout cela ne concerne pas directement Madsen. Sa responsabilité, c'est de mener les forages à bien, d'empocher le gros salaire, et de quitter ce bled perdu pour prendre une retraite peinarde le plus tôt possible.

Maintenant, il y a cette affaire d'Homme des neiges pour compliquer un peu plus les choses. Des zoologues doivent arriver bientôt pour examiner la bête, c'était inévitable. Ils auront probablement une meute de journalistes à leurs trousses. Mais ils sont retardés par le mauvais temps.

Madsen soupire, en agitant vainement sa canette de coca vide. Il doit se rendre à une réunion avec les scientifiques de la station. Les autorités de *Charcot Antarctica* ont émis un communiqué ambigu, pour calmer le jeu. Mais ça n'a pas suffi. Au contraire, les complications se multiplient.

Un groupe d'activistes, la SPAA (Société de protection des animaux antarctiques), exige qu'on relâche l'« Homme des neiges », sous peine de représailles. Ils menacent de pirater les réseaux informatiques de la station, rien de moins ! Exigence supplémentaire : il faudrait munir la bête d'un émetteur au cas où elle les conduirait sur la piste d'un naufragé canadien disparu il y a près d'un mois. Tout à fait saugrenu ! La presse et des personnalités officielles du Canada commencent à contacter la station à ce sujet.

Madsen lui-même reçoit de tels messages. Quelqu'un au Canada a déniché son numéro de téléphone et son adresse courriel.

Le contremaître saisit une pochette en plastique transparent bien rangée sur une étagère. Soigneusement pliée à l'intérieur, se trouve une écharpe verte abimée. Pour la ixième fois, il examine la fameuse inscription qui a déclenché tous ces ennuis la veille. Le symbole porte les initiales de celle qui ne cesse de le harceler :

Une jeune fille nommée Jennifer Fullum.

19

Branle-bas de combat

Jennifer Fullum est passée en quelques secondes par toute une gamme d'émotions. Éberluée. Incrédule. Convaincue. Folle de joie.

Jean-François a essayé de l'appeler !

Elle a éclaté en pleurs. Des pleurs de soulagement et de joie.

Jennifer s'est tournée vers le cliché épinglé au-dessus de sa table de travail, la photo prise sur le navire de croisière et publiée dans un journal. Elle a fixé le beau grand garçon aux yeux sombres, emmitouflé dans l'écharpe verte qu'elle lui avait donnée...

— Jeff ! C'était toi ? Juste au bout du fil ? Une seconde de plus et j'entendais ta voix, j'en suis sûre !

L'image un peu floue semblait acquiescer, sous le regard embué de larmes de Jennifer. Elle a essuyé ses yeux d'un geste vif.

— Où es-tu ? Je ne te laisserai pas tomber !

Pas de temps à perdre ! La jeune fille a pianoté frénétiquement sur son téléphone le numéro du contremaître principal de la station Charcot, trouvé sur Internet.

Un répondeur, encore une fois.

— C'est urgent ! Ici Jennifer Fullum. J'ai déjà laissé un message à propos de Jean-François Ferron, disparu lors du naufrage du *Lion de mer*. Je viens de recevoir un appel de lui ! C'est son écharpe que vous avez retrouvée. Il est vivant ! Le SOS est un appel à l'aide. Vous devez intensifier les recherches ! Vite !

Jennifer a répété son message en anglais et laissé ses coordonnées. Puis, elle a retranscrit le tout au clavier et expédié un courriel là-bas.

Et maintenant ? Première chose, appeler les parents de Jean-François.

Le père a accueilli la nouvelle avec scepticisme. Sa femme lui a arraché le téléphone des mains. Jennifer lui a tout expliqué. La mère de Jean-François pleurait. Jennifer pleurait avec elle au téléphone. Unies par l'émotion, elles sont devenues momentanément de grandes amies.

Les parents de Jean-François ont dit qu'ils allaient contacter la police, la compagnie du navire de croisière, et la station Charcot.

Jennifer a raccroché. Son cœur battait à se rompre. Elle n'allait pas rester là à se tourner les pouces. Une idée lui est venue. Elle a envoyé un texto à ce Madsen de Charcot. Pour plus de sûreté, elle a rappelé la station Charcot et laissé le même message sur le répondeur. Tant pis pour les frais d'interurbains.

« Pouvez-vous localiser l'appel du téléphone de Jean-François Ferron ? Voici le numéro... »

Mais qu'est-ce qu'ils faisaient, là-bas ? Pourquoi ne la rappelaient-ils pas ? Faudrait-il que d'autres mettent de la pression ? Des gens plus importants qu'elle ?

Dans la demi-heure suivante, Jennifer a réussi à joindre la secrétaire du directeur général du collège, l'adjoint du maire de la Ville, et le député en personne. Tous l'ont écouté avec attention et ont promis de tenter de contacter la station Charcot.

Entretemps, une nouvelle idée lui est venue. Elle a rappelé Charcot et laissé un nouveau message :

— J'ai une idée. Avez-vous des chiens à la station ? Faites-leur sentir l'écharpe, pour retrouver la piste de Jean-François.

Puis, Jennifer a continué à chercher des contacts pour l'appuyer. Il fallait faire bouger les choses le plus rapidement possible. C'était une question de vie ou de mort.

Elle a joint le Service des communications du consortium *Charcot Antarctica* à Genève et a réexpliqué toute l'affaire à un relationniste mielleux. Puis elle a envoyé un courriel au Secrétariat du Traité sur l'Antarctique à Buenos Aires. Ensuite, après bien des transferts d'un numéro à l'autre, elle est parvenue à parler à quelqu'un au bureau de la première ministre à Québec. Elle n'a pas réussi à joindre le premier ministre canadien, mais a pu envoyer un texto directement à sa conjointe. Ensuite, pour faire bonne mesure, elle a transmis des messages à plusieurs médias.

Jennifer s'est arrêtée un instant, un peu étourdie. Elle a ouvert la porte du frigo, a tendu la main vers une boisson énergisante, s'est arrêtée pile au milieu de son geste et a couru reprendre son téléphone cellulaire en laissant la porte du frigo ouverte.

Nouvelle idée. Nouvel appel et texto à Madsen de Charcot.

— Cette bête, que vous avez capturée... si vous lui posez un émetteur et que vous la relâchez, elle va peut-être retourner à sa tanière... vous pourrez la suivre, peut-être que Jean-François est réfugié aux environs ?

Jennifer est revenue lentement vers le frigo, en ruminant cette idée. Elle a bu la boisson énergisante à petites gorgées. Ouvert un sac de chips. Au diable la ligne, pour une fois. Elle réfléchissait intensément.

Il fallait maintenir la pression sur ces gens de Charcot. Qu'ils mettent tout en œuvre pour retrouver Jeff. Ça urgeait ! Cette dernière idée, se servir de la bête des neiges, lui apparaissait géniale. Il y avait nécessairement un lien entre les deux événements, la capture de l'animal avec l'écharpe, puis l'appel. Oui, il fallait les pousser à se servir de cette bête le plus vite possible, avant de perdre du temps à l'examiner. Et si les pressions normales ne suffisaient pas, il existait d'autres moyens pour pousser Charcot à se grouiller le derrière !

En quelques clics sur son ordinateur, Jennifer a organisé une vidéoconférence avec deux membres de l'association étudiante, un gars et une fille qui étudiaient tous deux en informatique. Des cracks dans leur domaine. Ils connaissaient des tas de trucs, pas toujours tout à fait légaux...

— Les amis, j'ai besoin de votre aide. Quelque chose de discret. Je veux créer une société fictive, la SPAA. Et envoyer des courriels de menace anonymes à une station de recherche antarctique...

20

Téléphone

Le blizzard balaie la station Charcot. Le mauvais temps retarde toujours l'arrivée des spécialistes chargés d'examiner la bête. Mais ces conditions météorologiques défavorables ont aussi du bon. Une bande de journalistes est bloquée à Ushuaïa ou ailleurs, impatiente de fondre sur Charcot.

Et ce qui n'arrange rien, même les communications radio sont chaotiques depuis quelques heures. Des orages solaires provoquent des aurores australes dans la haute atmosphère et interfèrent avec les transmissions. C'est l'une de ces journées où les travailleurs de la station Charcot se sentent vraiment coincés au bout du monde, loin de toute civilisation.

Entre les quarts de travail, on s'occupe comme on peut : lecture, jeux vidéo, billard, potinage au bar... Mais l'ordinateur ou la radio, tout comme les vols de ravitaillement, sont comme un cordon ombilical avec le reste du genre humain. On ne saurait s'en passer bien longtemps.

Madsen et deux membres du Comité de direction scientifique palabrent derrière la porte close d'un local de réunion exigu. Le technicien radio vient de les rejoindre en trombe. Les discussions et les rumeurs vont bon train, dans la salle commune.

— Maudits orages solaires ! se plaint McPherson, un pilote cloué au sol par le mauvais temps. Impossible de contacter la station météo !

— Moi, je dis que c'est un coup des pirates informatiques, lance le manœuvre Fuentes. Tout le réseau de communication est surchargé de messages de la SPAA !

— Il paraît qu'ils menacent de couper l'électricité, s'inquiète la cuisinière Allison.

— Allons, ne dites pas de sottises, se moque Vallée. Comment y arriveraient-ils ?

— Sois poli avec la dame, gronde McPherson.

— Il faudrait fermer la station par précaution, reprend Allison. Qu'est-ce que les patrons attendent pour nous évacuer ?

— C'est cette maudite bête qui nous porte malheur, s'emporte Fuentes. Il faudrait la libérer.

— Pour qu'elle revienne avec sa bande nous attaquer ? rétorque McPherson.

— Mieux vaut l'abattre, lance Korovin d'un air sombre.

C'est lui qui tenait l'animal en joue avec une carabine, sur la vidéo. Il fait office à la fois de concierge et d'agent de sécurité.

— Pas question ! Les scientifiques tiennent à examiner ce toutou.

C'est Madsen, qui sort en trombe de la salle de réunion. Certains employés soupçonnent une caméra de surveillance de transmettre leurs faits et gestes aux dirigeants.

— Il y a du nouveau ! tonne le contremaître.

Il prend pour l'occasion sa voix la plus autoritaire, dressant son ventre imposant devant ses troupes. Les deux scientifiques du Comité de direction, un petit chauve grisonnant et une fausse blonde fadasse, se tiennent derrière lui.

— On a reçu des confirmations sur la ligne sécurisée, malgré les interférences. Primo, la SPAA, c'est de la frime ! Des hackers amateurs.

— Les services informatiques du consortium ont rapidement remonté à la source des messages, explique la scientifique blonde. Ça vient d'une école canadienne. Leurs programmes ont été neutralisés.

— Deuxio, poursuit Madsen, un appel provenant du téléphone d'un citoyen canadien porté disparu a été localisé dans les environs immédiats de Charcot.

La nouvelle provoque un brouhaha. Les questions fusent. Comment est-ce possible ? Où l'appel a-t-il été reçu ? Comment a-t-il été transmis ?

Le petit scientifique grisonnant intervient.

— Au début, nous avons cru à des interférences naturelles. Vous savez que la station Siple a fait des recherches sur les communications radio dans la région, autrefois. Ils ont installé un complexe d'antennes et les messages étaient captés dans l'autre hémisphère, au Canada, dans la province de Québec, car il s'agit du point de conjugaison géomagnétique naturel de nos coordonnées, c'est une coïncidence fascinante et...

Madsen lance un coup d'œil impatient au théoricien.

— Bref, coupe-t-il, l'explication est beaucoup plus simple.

— Le téléphone s'est connecté à notre réseau Wi-Fi, dit la blonde.

La station Charcot utilise un réseau sécurisé avec mot de passe pour les données administratives. Mais un accès public est prévu pour les visiteurs de passage, relativement fréquents : chercheurs, stagiaires, étudiants, personnel de ravitaillement... C'est plus simple à gérer. Il n'y a pas de raison de se méfier des visiteurs autorisés et aucun voisin pour se brancher illégalement...

— Voici le périmètre approximatif couvert par le réseau, ajoute la scientifique.

Elle déplie un plan de la station Charcot. Un tracé au crayon gras délimite une zone autour des installations, recoupant une partie de la piste d'atterrissage et des étendues vierges.

— Le conseil d'administration a transmis de nouvelles instructions pour tout le personnel, lance Madsen. À partir de maintenant, priorité absolue aux recherches pour retrouver ce téléphone... et si possible son propriétaire.

— Ce serait un jeune Canadien nommé... commence le petit chauve.

Un tohu-bohu couvre sa voix. Les recherches s'organisent. Tout le monde connaît déjà le nom de la personne recherchée. La moitié de la station a déjà reçu un message pressant du Canada pour tenter de le retrouver.

Jean-François Ferron.

* * *

Les recherches scientifiques, les travaux de forage, les activités régulières de la station, tout cela s'est arrêté. Toutes les ressources, en un temps record, ont été mobilisées pour retrouver le fantomatique naufragé.

Quelqu'un a épinglé un cliché du jeune Canadien sur le babillard de la cafétéria. Madsen s'arrête parfois devant, comme si le portrait pouvait parler, lui dire où il se trouve. Il a des traits énigmatiques, ce Jean-François Ferron, l'air un peu... rigide, presque hautain. Que lui dirait-il, à ce garçon, si jamais il le retrouvait ? Ça ferait les manchettes !

Le contremaître coordonne les recherches. Tout le périmètre désigné, et même au-delà, est passé au peigne fin. Les équipes se relaient dans le blizzard pour sonder le terrain de la piste d'aviation et les landes glacées environnantes, enfonçant des piolets et des bâtons de ski dans la neige, balayant la glace avec des détecteurs de métal et autres bidules électroniques. Les hangars, la tour de forage et même l'intérieur de la station, tout est fouillé.

En vain ! Aucune trace de téléphone ou d'éventuel naufragé canadien.

C'est décourageant. La grogne règne dans la station. Ça mine le moral et ouvre la porte aux fabulations. Fuentes se sent souffrant, il craint que la bête porte quelque maladie contagieuse inconnue. L'infirmier, mandaté pour examiner ce tire-au-flanc, l'a pourtant trouvé en pleine forme ! McPherson s'est soulé et bagarré avec Vallée, qui a défié les paris en lui passant le knock-out. Allison s'est éveillée en hurlant, jurant que le squelette du naufragé l'a appelée et est entré dans sa chambre. Un cauchemar, bien sûr, mais impossible de le lui faire admettre !

Que faire, maintenant ? Il ne reste que deux solutions à envisager.

Les chiens, d'abord. Il n'y en a pas actuellement à la station. Oh, parfois, un ou deux scientifiques se font accompagner de leur toutou préféré. Des chiens de traîneau sont déjà passés par la station. Mais jamais de chien policier.

Une escouade canine spéciale devrait arriver du Canada dès que le temps le permettra, en réponse aux pressions de l'inévitable Jennifer Fullum.

Autre hypothèse, munir l'Homme des neiges d'un mouchard, le libérer et suivre sa piste. Les autorités scientifiques s'y opposent. Ce spécimen unique est trop précieux. Pas question de risquer de le perdre.

On est dans un cul-de-sac.

Madsen, seul devant l'enclos de l'animal, examine pensivement la bête. Elle reste prostrée dans un coin, sans rien manger. Quand Madsen tapote sur les barreaux, l'Homme des neiges lève des yeux farouches, en répondant par un sifflement menaçant. S'il pouvait parler ! Comment est-il entré en possession de cette écharpe ? Cet animal détient la clef du mystère.

Comme s'il était lui-même un fauve en cage, Madsen tourne en rond sur le plancher du hangar qui a été fouillé de fond en comble. La petite Canadienne, au bout du monde, va-t-elle finir par les laisser tranquilles ?

Le contremaître réécoute les derniers messages de la jeune fille, sur son téléphone cellulaire. La voix pressante et vibrante, dont l'accent français a un certain charme, malgré tout. C'est une emmerdeuse, d'accord, mais Madsen a tout de même une pointe d'admiration pour cette lointaine inconnue qui remue mer et monde.

Il songe à sa propre fille, plus âgée, loin là-bas au pays. À sa nouvelle petite-fille, qu'il n'a pas encore vue, puisqu'il est coincé ici. Ce boulot moche, le budget insuffisant pour faire correctement les choses, la compagnie avide qui le presse de tourner les coins ronds et de maquiller les détails compromettants...

Madsen jette un coup d'œil par la petite fenêtre du hangar. Les conditions climatiques s'améliorent. Les médias vont bientôt débarquer ici et poser plein de questions.

Madsen soupire. Le pas traînant, il se dirige vers la distributrice de boissons gazeuses.

Son téléphone sonne. Le gros homme cherche l'appareil dans sa poche avec fébrilité, saisi d'une intuition bouleversante : un appel de Jean-François Ferron ?

Non, ç'aurait été trop beau. Ce n'est pas lui. Mais l'afficheur indique un nom lié de près au disparu : Jennifer Fullum. Encore.

Impulsivement, pour une fois, au lieu de laisser s'enclencher le répondeur, le contremaître décide de répondre :

— Oui ? Aksel Madsen à l'appareil.

Un silence (étonné ?) d'une demi-seconde au bout de l'appareil.

— Je suis Jennifer Fullum, du Canada. Bonjour, monsieur Madsen. Je vous ai déjà laissé quelques messages...

La communication est parfaite, comme s'ils étaient dans des pièces voisines. Les orages solaires ont cessé. La voix de la jeune fille est agréable. Elle hésite un peu avec l'anglais, mais le contremaître a lui-même son propre accent.

— Oui, mademoiselle. Je peux vous assurer que nous avons fait tout notre possible...

Il s'attend à ce qu'elle le bombarde de reproches. À ce qu'elle le presse de libérer l'Homme des neiges pour suivre sa piste...

— Oui, je sais, monsieur Madsen, et je vous en remercie. J'ai appris aussi que les scientifiques ne veulent pas prendre le risque de perdre l'Homme des neiges. Mais j'ai eu une autre idée...

Madsen sourit pour lui-même. Cette fille bouillonne d'idées !

— Ça ne peut pas être une coïncidence : cet animal surgit de nulle part avec l'écharpe de Jean-François, puis le téléphone de Jeff sonne. Avez-vous pensé à fouiller l'Homme des neiges... il pourrait avoir le téléphone sur lui !

Madsen reste bouche bée une seconde. Crotte de bouc ! C'est évident, bien sûr ! Pourquoi n'a-t-il pas pensé à cela ?

Meublant le silence, la fille à l'autre bout continue d'une voix altérée, proche des sanglots :

— Vous comprenez, il y aurait peut-être un message, un indice pour retrouver ce pauvre Jeff...

— C'est une bonne idée, mademoiselle, coupe Madsen. Je m'en occupe. Je vous rappelle, promis !

21

Fuite

Madsen coupe la communication et retourne à grandes enjambées vers la cage de l'animal inconnu. Dès sa capture, les zoologues informés de la nouvelle ont expressément exigé de le laisser tranquille. Ils veulent l'étudier eux-mêmes dans les meilleures conditions, avec toutes les précautions d'usage.

Le contremaître fixe l'animal reclus derrière les barreaux. Donc on ne l'a pas examiné de près. Il a un pelage assez épais. Se pourrait-il qu'un petit téléphone cellulaire soit dissimulé quelque part au sein de cette fourrure ? De quelle façon et pour quelle raison ? Ça semble bien improbable. Mais il était tout aussi improbable que cet animal porte une écharpe. Ou qu'un tel animal existe autour de Charcot, tant qu'à y être.

Madsen cherche dans sa liste de contacts les numéros des membres du Comité de direction scientifique. Il doit immédiatement obtenir l'autorisation d'endormir cet animal et de le fouiller. Mais au moment d'appuyer sur la touche pour établir l'appel, il retient son geste.

Non. Ça prendrait une éternité. Les deux membres du Comité présents actuellement à la station sont des sous-fifres, des mollassons qui attendront l'arrivée imminente du groupe d'experts. Accompagnés des médias qui poseront plein d'autres questions.

Alors que s'il avait un téléphone à leur montrer, ou mieux, qui sait, une piste pour retrouver ce gamin, quelle affaire ! Madsen apparaîtrait comme un héros ! Ça détournerait toutes les questions compromettantes !

Le contremaître compose un autre numéro, celui de l'infirmier de la station, Van Agtmael. Madsen lui explique rapidement ce qu'il veut. L'autre est assez étonné, et plutôt réticent. Le contremaître prend sa voix la plus autoritaire, et ordonne à l'infirmier de rappliquer sur-le-champ avec son matériel.

Quelques instants plus tard, Van Agtmael arrive en bougonnant, une seringue à la main. Il sort d'une poche de son sarrau une fiole contenant un liquide translucide.

— Je ne suis pas vétérinaire, se plaint-il. Je ne sais pas quelle dose lui donner.

— Pas trop, les scientifiques ne voudraient pas qu'on l'abîme. Juste de quoi l'endormir le temps de le fouiller. Ce ne sera pas long.

L'infirmier évalue la taille de l'animal. Plus petit qu'un humain adulte, plus mince, même si le pelage le fait paraître plus imposant. Van Agtmael hausse les épaules, remplit à moitié sa seringue avec le contenu de la fiole.

— Bon, comment on lui injecte, maintenant ?

L'idéal serait un fusil à fléchette, comme pour les animaux de zoo. On n'a pas ça ici. Mais le contremaître s'est déjà muni d'un bâton de ski et d'élastiques en attendant l'infirmier. Il y assujettit lui-même la seringue.

— Tu vois, dit-il, comme ça, ça devrait aller. Je vais le distraire, et tu en profites pour arriver par l'arrière...

Van Agtmael fait la moue, guère convaincu de l'efficacité du bricolage. Il saisit néanmoins la perche. Madsen s'approche de la cage. L'Homme des neiges est roulé en boule dans un coin. Les yeux mi-clos, tournés vers les deux hommes. Le contremaître commence à taper sur les barreaux avec un second bâton de ski.

L'animal ouvre plus grand les yeux, et siffle méchamment. Madsen continue son vacarme. L'animal se redresse à demi dans l'espace réduit, les poils de sa crinière hérissés. Il fait quelques pas en direction du contremaître, en sifflant plus fort.

Van Agtmael s'est approché discrètement. Pendant que l'animal pointe son museau vers Madsen, l'infirmier pousse vivement la tige métallique à travers les barreaux. L'Homme des neiges tourne la tête à la dernière seconde. Trop tard, l'aiguille de la seringue s'enfonce dans son arrière-train.

Il pousse un cri strident et se rue sur les barreaux du côté de Van Agtmael. Le bâton vole des mains de l'infirmier ; la seringue se détache et tombe dans la cage. L'Homme des neiges porte la patte à sa fourrure, souillée de liquide sanguinolent. Il s'agrippe aux barreaux, siffle de plus belle en direction de l'infirmier.

— Je ne sais pas si... si ça s'est enfoncé assez, s'il a eu la dose... balbutie Van Agtmael.

Mais l'Homme des neiges relâche sa prise sur les barreaux. Il retombe à quatre pattes, avec un sifflement rauque, respirant par saccades, le poil flasque. Puis, il ferme les yeux et roule sur le côté.

— Ça y est ! Vite ! souffle Madsen en faisant jouer une clef dans un gros cadenas.

Il enfile des gants, ouvre la porte. Avec précaution, il tâte du bout de son bâton de ski l'animal endormi. Pas de réaction. Sans plus attendre, le gros contremaître s'agenouille par terre et commence fébrilement à tâter la fourrure de l'animal.

— Rien sur le dos... rien dans le cou...

Il le retourne sur le dos.

— Le ventre, maintenant... ah ! tiens... qu'est-ce que c'est que ça ? Un repli... une sorte de poche, comme un kangourou ! Ça alors ! L'endroit rêvé pour ranger un téléphone.

Le contremaître enfonce sa grosse main dans la poche située au bas du ventre. C'est un endroit sensible, spécialement pour les mâles de cette espèce. Une pochette adjacente sert de protection aux testicules entre les périodes de rut.

L'animal pousse un gémissement et donne une ruade par réflexe. Un violent coup au ventre qui coupe le souffle du contremaître et l'envoie valser au fond de la cage. L'Homme des neiges ouvre des yeux hébétés. Il fixe successivement Madsen, par terre, puis Van Agtmael, devant la cage.

L'infirmier, catastrophé, considère la porte entrouverte, avec la jambe de Madsen en travers qui empêche de la fermer, et le cadenas posé par terre... Il fait un geste pour saisir le cadenas... et n'a pas le temps d'en faire plus. La porte de la cage est poussée violemment vers l'extérieur, le frappant de plein fouet. L'infirmier roule sur le plancher, tandis que l'Homme des neiges se précipite hors de la cage.

L'animal roule des yeux fous autour de lui, l'air hagard. Il ramasse le bâton de ski. L'infirmier protège sa tête avec ses bras.

— Arrête-le, arrête-le, hoquète Madsen du fond de la cage.

L'Homme des neiges court vers une fenêtre, en claudiquant à cause de sa blessure à la fesse.

Il s'élance vers la vitre transparente. Le verre est solide. Il y a un grand bruit sourd, la vitre se fendille, mais l'Homme des neiges retombe sur le plancher à l'intérieur.

Madsen sort de la cage. L'infirmier se relève. L'Homme des neiges aussi. Ils se considérèrent tous l'espace d'une seconde.

— Doucement, dit Madsen. On ne te veut pas de mal, mon vieux...

Le contremaître fait un pas vers l'animal. En même temps, il fouille dans la poche de son pantalon, pour en extirper son téléphone et appuyer sur la touche d'urgence.

L'Homme des neiges saisit un bidon, à sa portée, et le tend à bout de bras au-dessus de ses épaules. Les deux hommes se recroquevillent. L'Homme des neiges pousse un cri rauque et balance le bidon contre la vitre. Le verre déjà fendillé vole en éclats.

Des rafales de vent s'engouffrent à l'intérieur du hangar. L'Homme des neiges, d'un bond, saute à l'extérieur.

Madsen se rue vers la fenêtre.

— Déclenche l'alarme, envoie une équipe dehors ! crie-t-il à Van Agtmael sans se retourner.

Le gros homme se penche à travers la fenêtre brisée. Juste à temps pour voir la bête contourner l'escalier extérieur au coin du hangar. Madsen, avec quelque difficulté étant donné sa corpulence et les éclats de verre, enjambe le rebord de la fenêtre. Il tombe dehors plus qu'il ne saute, mais heureusement une congère amortit sa chute. Il n'a pas son parka sur lui. Heureusement, c'est une chaude journée d'été, pour Charcot du moins, il ne fait que − 12 °C, et l'homme est trop surexcité pour songer au froid.

Madsen patauge dans la neige vers le coin du hangar où il a perdu la bête de vue. Puis il reste interdit, à contempler la lande glacée devant lui, qui s'étend à perte de vue. Aucune trace du fuyard. Le contremaître se contorsionne pour regarder sous les marches du court escalier, au seuil du hangar. Rien.

L'Homme des neiges a disparu.

Cinquième partie

LE DESSUS DU MONDE

22

Coincé

... Fulmar géant... Goéland dominicain...

Jean-François remontait vers la surface. Depuis une éternité. Lentement, péniblement, un pas après l'autre.

Gorfou doré... Gorfou sauteur...

Son mollet était enflé et douloureux. Un énorme bleu noircissait toute la peau. Une hémorragie interne, peut-être, ou un os fêlé ? Rien d'autre à faire que continuer...

Héron garde-bœufs... Labbe antarctique...

Il énumérait les oiseaux antarctiques dans sa tête, distraitement, comme une litanie, pour éviter de penser à ses chances infimes de réussite.

Labbe de McCormick... Manchot à jugulaire...

Le passage montait en pente assez raide, en tournant sur lui-même comme un escalier en colimaçon très irrégulier. Il fallait escalader certaines sections plus abruptes, se tortiller pour franchir des passages plus étroits. Peut-être y avait-il eu jadis un évent volcanique, ou un puits naturel d'écoulement des eaux. Comme l'autre voie qu'il avait empruntée pour arriver au Lac des glaces (cela semblait déjà tellement loin !). Mais ce passage-ci avait été « aménagé » à une certaine époque, des encoches, des sections aplanies, des marches grossières subsistaient ici et là.

Manchot d'Adélie... Manchot empereur...

Il faisait de plus en plus froid à mesure qu'on s'éloignait des fissures volcaniques autour du Lac des glaces. Plus sombre aussi. Peu de lumiores couraient sur les parois, ici. Pas assez de traces métalliques dans la glace pour les entretenir, peut-être. Seules de petites ellipses luisaient de loin en loin. Les petits cailloux incrustés dans la paroi attiraient les étincelles. Les cailloux foncés luisants orientés vers le haut.

Manchot papou... Manchot royal...

Il y avait des embranchements à l'occasion, des passages secondaires. Les ellipses luminescentes indiquaient généralement la voie à suivre. Mais parfois, les cailloux étaient tombés, ou avaient été dispersés par des mouvements de terrain. Une ou deux fois, Jean-François s'était engagé dans une voie sans issue, et avait dû revenir sur ses pas avant de retrouver le bon chemin. Épuisant !

Océanite à ventre noir... ... Océanite de Wilson... ...

Soudain, il eut l'impression d'entendre quelque chose, loin au-dessous de lui.

Océanite néréide... ... ... Pétrel antarctique... ... ...

Oui. Un son discret, constant, des frôlements dans la neige, des grains de glace qui se détachaient parfois et roulaient dans le tunnel. Quelque chose le suivait. Jean-François connaissait bien peu de choses encore de la faune du Lac des glaces. Qu'est-ce qui pouvait se cacher, dans ces tunnels de glace ? Des... prédateurs ? Jean-François pressa le pas... difficilement.

Pétrel de Hall... ... ... Prion de... la désolation ?

Non, non, il s'était laissé distraire ! Il avait sauté des noms. La litanie se détraquait dans sa tête. Jean-François s'arrêta, le cœur battant.

Le bruit se rapprochait. L'écho d'un souffle puissant et régulier. Jean-François s'embusqua dans une anfractuosité, les poings serrés, prêt à vendre chèrement sa peau.

Le Kèiû siffla de surprise quand la silhouette de l'Être à mains surgit au-dessus de lui dans la pénombre, les poings levés.

— Litiû !

— *ïîm* !

Jean-François desserra les poings, immensément soulagé. Heureux de retrouver un facies familier, après cette longue montée solitaire.

— Les lumiores guident ta piste ! lança-t-il au Kèiû.

Spontanément, il tendit sa paume ouverte vers la poitrine de Litiû. Celui-ci, après une brève hésitation, répondit de la même façon. Il avait perdu son animosité habituelle.

— Que fais-tu là ? demanda Jean-François. Comment va Eliî ?

Ils avaient encore des difficultés à se comprendre. Mais ils y arrivaient plus ou moins.

— Tehiû'lé et Litiû ramené Eliî bateau. Eliî mieux. Tehiû'lé reste avec. Moi revenu aider *'iîm*.

— Je suis... content de te voir, Litiû. Merci !

— Signe sacré rapporter En-Haut !

Le Kèiû retira l'écharpe qui lui servait de bandage et la tendit au jeune homme. Jean-François remarqua que la blessure ne saignait plus. Mais il repoussa le bout de tissu et le passa autour du cou de Litiû.

— Comme j'ai dit : si Pym arrive pas En-Haut, toi porte Signe sacré En-Haut.

Litiû resta silencieux un moment, puis leva la tête vers le passage, en sifflant un bref commentaire.

— Alors serai Litiû'lé !

Il ajoutait à son nom la syllabe qui marquerait son statut adulte. Était-ce pour achever son initiation traditionnelle que le Kèiû effectuait la montée ? Jean-François l'ignorait. Peu importe, c'était moins décourageant de continuer à deux.

Litiû prit les devants, et ils poursuivirent l'ascension.

En fait, Jean-François n'y serait pas parvenu seul. La dernière partie du trajet devint plus abrupte. Son mollet gauche ne répondait à peu près plus, c'était comme traîner une jambe de bois. Litiû devait venir en aide continuellement au jeune humain.

Les lumiores disparurent presque complètement. Seules quelques étincelles fugitives s'accrochaient encore aux rares ellipses incrustées dans la paroi. La quasi-obscurité était oppressante.

Malgré l'effort, tous deux frissonnaient. Le froid s'intensifiait. Le Kèiû, en dépit de son pelage hérissé et des potions énergétiques de Tehiû'lé, n'était pas habitué à de telles températures. Et le parka de Jean-François, criblé de déchirures depuis longtemps, ne le protégeait guère.

— Ce froid... c'est bon signe, dit Jean-François avec un sourire forcé. Ça veut dire qu'on approche de la surface, je crois !

Litiû se contenta de renifler.

— Autres senteurs, dit-il enfin.

Jean-François ne sentait rien. Litiû n'arrivait pas à décrire ces odeurs qu'il n'avait jamais perçues.

— Nous approche le Toit, souffla Litiû. Tehiû'lé et autres vieux ont dit fumets inconnus, En-Haut !

Plus d'ellipses pour les guider. Elles s'étaient désagrégées. Ils retrouvaient çà et là quelques cailloux noirs éparpillés, luisant comme des lucioles isolées.

Ils continuèrent donc dans l'obscurité, en tâtonnant. Litiû, qui menait la marche, poussa soudain un sifflement :

— Le Toit du monde !

Jean-François le rejoignit tant bien que mal, traînant sa jambe inutile. Il tendit la main dans le noir et sentit un contact différent. Le jeune homme enleva un gant, pour mieux apprécier la texture. Quelque chose de fibreux.

La coupole qui marquait l'extrémité du passage, enfin ! Ils y étaient arrivés ! Ils avaient réussi !

Mais quelque chose clochait. En parcourant des doigts le mince couvercle, ils sentirent que les fibres tissées étaient déchirées, éventrées, entremêlées de blocs de glace. À grand-peine, ils essayèrent de se faufiler par des fissures. Selon les Anciens, il suffisait de repousser une mince couche de neige poudreuse, pour « frayer sa voie vers la Grande lumière ».

Ce n'était plus le cas. Au-dessus des vestiges du Toit symbolique, la neige et la glace s'étaient compactées. Litiû, en grognant et en jouant des griffes, parvint à dégager quelques blocs. Jean-François le suivit avec difficulté. En se trémoussant contre les parois, il sentait sa jambe engourdie se réveiller. Des élancements lui vrillèrent le corps jusqu'au sommet du crâne.

Litiû ne se portait guère mieux. Le Kèiû haletait sous l'effort. La couche croutée à travers laquelle il se frayait un chemin était dure comme du roc. Ses griffes médianes étaient en sang. Son épaule lui faisait mal. Et quand il s'arrêtait un moment pour reprendre son souffle, le froid le saisissait.

Finalement, de peine et de misère, ils parvinrent à... un cul-de-sac. Un obstacle indistinct bloquait complètement le passage. Ils étaient coincés.

Jean-François laissa échapper un cri de rage.

— Tout ça pour rien ! Je... je n'aurai pas la force de redescendre, souffla-t-il.

Litiû plissa le museau, avec des grogne-ments désapprobateurs.

— Sent mauvais, cracha-t-il. Pire que vieux ont dit.

Il renifla vigoureusement les moindres recoins de l'anfractuosité obscure qu'ils avaient dégagée. Il siffla de nouveau, mais plus bas, avec une sorte de trémolo hésitant. Il avait... peur ?

— Par là... des Êtres à mains, tout près !

Jean-François huma désespérément l'air. Avait-il la berlue, ou percevait-il une infime odeur de... friture ? Quelqu'un faisait la cuisine ?

— Attendre, fit Litiû d'un ton raffermi. J'essaie trouver issue. Je reviens.

Le Kèiû rampa à plat ventre, cherchant le moindre interstice dans la glace compactée. Il se débattit en grognant, se fraya de nouveau un passage à coups de griffes.

— Si tu aperçois des humains, montre-leur l'écharpe, cria Jean-François.

Le Kèiû était plus petit, plus mince, plus souple. Épuisant ses dernières forces, il parvint à se faufiler dans une fissure, en rejetant la neige et la glace derrière lui au fur et à mesure de sa progression.

Jean-François entendit encore quelques grognements étouffés, puis plus rien.

Jean-François se retrouva seul. Coincé dans le noir.

* * *

997, 991, 983...

Jean-François marmonne dans le noir, recroquevillé dans son antre de glace.

... 569, 563, 557...

Il a récité de nombreuses listes, depuis que Litiû l'a laissé seul.

... 131, 127, 113...

Le temps est figé. Interminable.

... 13, 11, 7, 5, 3, 2.

Le Kèiû n'est pas revenu. Qu'est-ce qui se passe ?

Jean-François a gratté patiemment une partie de la croute de glace au-dessus de lui. Pour la dix-septième fois, il tâte le peu de surface qu'il a mis à découvert. Un matériau dur, plat, régulier.

Artificiel, sans nul doute. Est-ce une illusion de ses doigts engourdis, ou en émane-t-il un infime soupçon de chaleur ? Est-ce pour cela qu'il n'est pas encore mort de froid ?

Il a la bouche pâteuse. Il met un peu de glace dans sa bouche, pour la faire fondre. Quand il pense à l'odeur de friture de tantôt, ça lui donne faim. Mais c'est supportable. La mixture de Tehiû'lé lui donne encore un reste d'énergie, peut-être.

À un moment donné, il a cru entendre un vague écho, très assourdi, ou une vibration, en appuyant son oreille contre la surface dure. De la musique ? Les humains seraient tout près.

Il a crié, de toutes les forces qui lui restaient, martelé la petite surface dégagée. C'est durci par le gel, plein, compact. Aucune résonnance. Aucune réponse.

À moins que tout cela, odeur, musique, ne soit qu'hallucination, une création de son esprit, pour meubler le noir et la solitude de son enfermement. Il faut rester alerte, entretenir ses facultés intellectuelles.

Allons... une autre liste !

Il cherche quelque chose de plus corsé, un défi pour rester éveillé. Il se décide pour la classification scientifique des oiseaux de l'Antarctique :

Ordre des Ansériformes, famille des Anatidés : Canard à queue pointue (Anas georgica). *Ordre des Sphénisciformes, famille des Sphéniscidés : Manchot royal* (Aptenodytes patagonicus), *Manchot empereur* (Aptenodytes forsteri), *Manchot papou* (Pygoscelis papua), *Manchot d'Adélie* (Pygoscelis adeliae), *Manchot... à jugulaire* (Pygoscelis... antarcticus), *Gorfou sauteur* (Eudyptes... hum, chryso... chrysocome), *Gorfou sauteur...*

*non, je l'ai dit, un autre Gorfou... le doré
(Eudyptes... euh, quelque chose)...Ordre des
Procellariiformes, famille des...*

*Quelle famille, les albatros ? Voyons, c'est
idiot, je le sais, c'est...*

Jean-François grimace, désorienté. Sa
mémoire, ce merveilleux ordinateur interne
dont il a toujours été si fier, lui fait défaut.
Son cerveau commence-t-il à geler comme
son corps ? Jean-François secoue la tête,
crache le mot :

— Diodémé..., non, Diomédéidés, les albatros. Oh, et puis assez ! Assez ! Ass... Aïe !

Jean-François pioche dans la glace qui
l'encercle de toute part, réveillant la douleur dans sa jambe. Il est écœuré de répéter
des listes. Pour une fois, ça n'arrive plus à
meubler le vide ! Il sent ses idées s'ankyloser
irrémédiablement, comme son corps. Son esprit s'envole, loin des listes inutiles, loin de
ce trou, impossible à contrôler. Les images
se bousculent en désordre dans sa tête.

Il revit les dernières semaines, si extraordinaires. Il a fait une grande découverte.
Il est un aventurier, un explorateur.

Je suis... Pym ?

Oui, Pym ! L'Être à mains qui est parvenu
au Lac des glaces ! Le peuple Kèi lui fait
confiance pour sauver son monde. Et Pym

souhaite retourner vivre là-bas, pour toujours. Pour les gens d'En-Haut, il a disparu. Le récit de ses aventures connues se termine abruptement. Poe ne pouvait savoir la suite...

Non... non... c'est un roman !

Le jeune homme enfoui dans la glace secoue mentalement la tête, rattrapé par un reste de lucidité. Arthur Gordon Pym est une fabulation. S'il doit crever seul au fond de ce trou, il doit au moins essayer de partir avec les idées claires, délaisser les illusions...

Assez, Pym. Adieu ! Je suis... Jean-François Ferron ! Et ce que je veux, c'est...

Il fronce ses sourcils givrés. La buée de son souffle se condense autour de lui. Oui, que souhaite-t-il vraiment, si par miracle il arrive à sortir d'ici ?

Prévenir le monde de l'existence des Kèiîû, évidemment. Tenter de stopper la menace qui pèse sur eux. Plus tard, retourner explorer leur monde, pour mieux les connaître et les aider. Mais... y rester ?

Non.

L'idée de vivre à jamais parmi les Kèiîû lui semble soudain absurde. Maintenant qu'il entrevoit la possibilité de périr ici, quelque chose au plus profond de son âme se rebiffe à la perspective de quitter définitivement l'humanité.

Jean-François Ferron n'appartient pas au peuple Kèi. Jean-François Ferron est un être humain. Fuir serait la solution facile. Ce n'est pas sa manière. Toute sa vie, il s'est battu pour trouver sa place parmi ses congénères humains.

On revoit sa vie avant de mourir, dit-on. Le jeune homme figé dans la glace a tout son temps pour le faire...

Il est tout petit. On le trimbale d'un spécialiste à l'autre. On le traite comme un phénomène. Sa mère le couve. Elle lui dit qu'il est un petit génie. D'autres disent d'autres mots... il apprend ensuite, surpris, que c'est parfois méchant : *geek*, *weirdo*, *crackpot*, mésadapté, autiste...

Mais il apprend à s'adapter, au secondaire. Il arrive à travailler avec les autres, même si ce n'est pas toujours facile de les comprendre.

Un peu différent, et après ? Tout le monde est différent ! Tous les humains ont de la difficulté à communiquer ! C'est un défi, bien plus que d'apprendre des listes...

Jean-François est fier de sa mémoire, c'est vrai. Mais il n'est pas un ordinateur. Il est plus que ça. Ni infaillible, ni insensible. Un être humain à part entière, avec ses forces et ses insécurités. Il appartient à ce monde dont il imagine la cuisine, la musique... et les gens.

Il repense au projet de cour verte, par exemple. Il pourrait réciter par cœur la liste des oiseaux attirés par les aménagements réalisés au collège. Mais ce dont il a la nostalgie, actuellement, seul au fond de ce trou, c'est la camaraderie qui s'est installée entre les participants.

Et surtout, une image s'impose dans son esprit. Elle est extraordinaire. Une bombe d'énergie. La quintessence de la Vie, avec un grand V. Il a l'impression d'entendre sa voix, rieuse, chaleureuse, réconfortante, comme si elle était là, juste à côté de lui.

Jeff... J.F. au carré... J.F²

Pourquoi avoir envisagé de la fuir ? C'est absurde ! Son image, son prénom, prennent toute la place et réchauffent son corps glacé.

Jennifer. Jennifer. Jennifer. Jennifer. Jennifer. Jennifer. Jennifer. Jennifer. Jennifer. Jennifer. Jennifer. Jennifer. Jennifer. Jennifer. Jennifer. Jennifer.

L'image de Jennifer commence à vibrer, à rayonner, à clignoter. Jean-François Ferron cligne des yeux. A-t-il des hallucinations ? Il ne sait plus s'il avait les yeux ouverts ou fermés, dans le noir.

Non, c'est bien réel ! L'obscurité de sa prison de glace se peuple peu à peu d'étincelles fugitives. Les lumiores sont de retour. Un recoin encore lucide de l'esprit de Jean-François suppute : une intensification de l'activité électromagnétique ?

Un flux de quelques étincelles, paresseusement, comme au ralenti, ondoie au-dessus de la jambe insensible du jeune homme et semble se dissoudre dans le tissu de son pantalon.

Jean-François se souvient vaguement d'avoir déjà observé ce phénomène. C'est dans sa poche que se trouve...

Mon téléphone cellulaire !

Mû par une sorte de pressentiment, le jeune homme tâtonne dans sa poche. Cet appareil auquel il n'est pas habitué lui était complètement sorti de l'esprit. Mais soudain, incrédule, il contemple l'écran.

Il luit très faiblement. L'indicateur de charge de la batterie est au minimum... mais pas à zéro ! Pourtant c'était déchargé ! Une seule explication possible : les lumiores. L'activité électromagnétique, d'une façon ou d'une autre, a agi sur la pile !

Mais... ça fonctionne ?

Un symbole indique la détection automatique d'un réseau ! Pourrait-il faire un appel ici, sous la glace ? Une seule façon de savoir.

Vite, vite, avant que la pile se décharge !
Frénétiquement, il sélectionne un numéro
préprogrammé.

Le numéro de Jennifer.

* * *

Le temps passe encore. Ou ne passe pas.
Rien ne change. Ou tout a changé.

Les piles du téléphone sont retombées à
plat presque aussitôt. Jean-François n'a pas
eu le temps de parler. Mais il a entendu :

« Allo ? »

La voix de Jennifer. Elle était là. Au
bout du monde. Elle pense à lui, peut-être.
Il pense à elle. C'est une fille hors du commun. Ils sont complémentaires. À eux deux,
ils pourraient enflammer le monde pour la
cause des Kèiîû. L'énergie et le charme de
Jennifer, combinés à son esprit méthodique
à lui. Ils pourraient créer... quoi, un « Mouvement de sauvegarde du Lac des glaces »,
faire pression sur les politiciens pour mettre
fin aux travaux actuels, quels qu'ils soient,
qui menacent ce monde fantastique.

Les lumiores se sont rééteintes. L'orage
solaire qui les avait activées s'est apaisé.
Jean-François est apaisé, lui aussi. Les yeux
grands ouverts dans le noir, un large sourire
glacé sur les lèvres, il ne bouge plus.

Jennifer. Jennifer. Jennifer. Jennifer. Jennifer. Jennifer. Jennifer. Jennifer. Jennifer. Jennifer. Jennifer. Jennifer. Jennifer. Jennifer. Jennifer. Jennifer. Jennifer. Jennifer.

Soudain, malgré lui, le jeune homme doit s'arracher à ses fantasmes. Quelqu'un le secoue. Quelqu'un grogne de colère.

— Fous ! Méchants ! Les Êtres à mains sont des démons !

Litiû ! Ou désormais... Litiû'lé. Il a atteint la surface et est revenu !

23

Épilogue

Aksel Madsen réfléchit à toute vitesse.

Il faut absolument retrouver cette bête. Les scientifiques ne lui pardonneront jamais de l'avoir laissée s'échapper. Il sera limogé à coup sûr. Adieu, le gros salaire. Et les patrons de la compagnie en profiteront sans doute pour lui coller sur le dos le mauvais fonctionnement de la foreuse. Le bouc émissaire parfait, face aux écologranos.

La bête ne peut pas être bien loin. Le contremaître l'a vue contourner ces quelques marches, qui menaient à la porte extérieure du hangar.

Il s'agit d'une annexe préusinée, réassemblée sur place. On a nivelé la lande neigeuse avec une chenillette, installé des blocs de ciment sur le sol glacé très stable et fixé la structure sur une plate-forme de matériaux isolants. Le blizzard a rapidement comblé les moindres interstices entre le plancher et la glace.

Madsen se met à plat ventre dans la neige, toujours sans parka, frissonnant. Il y a une mince fissure dans la neige près d'une poutre de soutènement du hangar... L'animal pourrait-il s'être glissé par là ?

Oui, là une trace ! Il doit avoir creusé là-dessous !

Pendant ce temps, des hommes sortent en trombe de la station, alertés par l'infirmier Van Agtmael. Ils voient leur corpulent contremaître se redresser avec une vivacité insoupçonnée.

— Encerclez le hangar, crie Madsen. La bête se terre là-dessous. Apportez un filet, des lampes de poche, des bâtons. Toi, donne-moi ton parka ! Korovin, va chercher le fusil. Mais ne tire qu'en dernier recours. Dans les pattes. Il nous faut cet animal vivant, si possible.

Aksel Madsen, malgré ses tendances moroses, n'est pas contremaître principal pour rien. Quand il le faut, il peut se montrer un homme d'action. On pourrait essayer de creuser à la pelle, démonter le plancher du hangar par l'intérieur... trop long. De toute façon, c'est du préfabriqué bon marché, et il n'y a pas grand-chose là-dedans pour l'instant. Un peu d'équipement, des caisses de conserves... et des cannettes de cola.

— Dégagez l'intérieur de ce côté, vite !

Madsen court vers une chenillette garée tout près. Son haleine se condense autour de lui et son ventre rebondit à chaque foulée. Il enclenche le contact. Le moteur démarre dans une pétarade, en vomissant des gaz d'échappement noirs.

La chenillette est munie d'une pelle mécanique. Madsen engage les dents de la pelle sous le petit seuil métallique grillagé de l'escalier. Il tire un levier. La structure figée dans la glace résiste une seconde... puis cède brusquement avec un long grincement.

La pelle arrache l'escalier, et avec lui la porte d'entrée et une partie du plancher du hangar.

Les hommes dehors poussent des cris. Ils braquent leurs lampes de poche dans le trou. Pointent leurs bâtons. Tendent leurs filets. Madsen descend en trombe de la chenillette.

— L'Homme des neiges est là, crie Korovin. Et... il y a quelqu'un avec lui !

Madsen, le cœur battant d'émotion, s'agenouille dans la neige. Il ne voit d'abord rien près du trou. Il doit s'étendre de tout son long, sur le côté. Puis, plus loin, sous une section de plancher encore intacte, il les voit enfin. Recroquevillés côte à côte dans une minuscule cavité de neige.

L'Homme des neiges, le regard farouche, les dents sorties, l'air menaçant.

Et à côté de lui, un être humain.

Il a les cheveux hirsutes, une barbe inégale, le visage maigre et sale, des vêtements en lambeaux. Est-ce lui ? Est-ce bien lui ? Le fameux naufragé canadien que tout le monde cherche ? Il ne ressemble pas à la photo affichée sur le babillard. Moins dur, plus... humain.

Le contremaître aboie un ordre bref à l'intention de l'homme le plus près de lui, Fuentes. Ce dernier court vers l'intérieur de la station. Madsen reporte toute son attention sur le jeune homme, prisonnier dans l'antre de la bête. Korovin, derrière le contremaître, pointe son fusil muni d'un viseur télescopique vers la tête de l'animal.

Le garçon lève une main. Il crie, la voix rauque.

— Ne tirez pas ! Il n'est pas dangereux.

— *What* ?

Madsen ne comprend pas. Le naufragé est francophone, c'est vrai.

Le jeune homme se déplace devant la bête, empêchant de la viser. Il reprend en anglais, d'une voix plus assurée.

— C'est un ami. Son peuple habite là-dessous, au Lac des glaces. Il faut stopper le Croc. Je veux dire... arrêter de creuser !

Le contremaître reste bouche bée. Les hommes derrière lui poussent des exclamations. L'Homme des neiges, dissimulé au fond du trou derrière le jeune humain, lance un bref sifflement. Le garçon, à la surprise de tous, émet des sifflements similaires. Puis la bête se trémousse vivement dans la pénombre et... disparaît à la vue de tous.

— Il retourne chez lui, dit le jeune homme. Mais nous nous reverrons...

Une pensée se fait jour, dans l'esprit stupéfait de Madsen. Jamais plus, il en est convaincu, les forages de Charcot ne reprendront de la même façon.

Aussi bien tirer parti des choses le mieux possible.

Il sourit, et tend sa grosse main au jeune homme pour l'aider à sortir de son trou. Il débite quelques mots en français, avec un fort accent :

— Monsieur Jean-François Ferron, je présume ? Bienvenue à Charcot.

— Merci... c'est moins chaud que l'Afrique, répond Jean-François.

Le jeune homme s'essaie à sourire lui aussi, malgré ses lèvres gercées. Il reconnaît l'allusion à une rencontre célèbre, quand Stanley a retrouvé l'explorateur Livingstone perdu au fin fond de l'Afrique. Madsen a bien préparé sa phrase. Et pour cela, Jean-

François le trouve sympathique dès cet instant, même si par la suite il se montrera critique face à ses méthodes de travail.

Le mécano Fuentes revient en hâte, tenant à la main ce que Madsen l'a envoyé chercher dans son bureau. Le contremaître retire le long morceau de tissu vert de son enveloppe. Il le tend au jeune Canadien

— Ceci vous appartient, je crois.

Les yeux de Jean-François s'écarquillent. Il saisit vivement l'objet. Furtivement, il s'essuie les yeux avec le tissu. Puis, lentement, soigneusement, il enroule l'écharpe autour de son cou. En mettant bien en évidence à l'avant le sigle des doubles initiales.

Enfin, Jean-François Ferron s'extirpe en chancelant de son trou glacé. Le garçon cligne des yeux, ébloui par le soleil étincelant de l'été Antarctique. Il boite. L'infirmier Van Agtmael accourt avec une civière. On met une couverture chaude sur les épaules du rescapé. On le force à s'étendre. Au moment où on va le transporter à l'intérieur, le téléphone de Madsen sonne.

— Vous aviez promis de me rappeler, dit une voix bien connue. Y a-t-il du nouveau ?

Aksel Madsen sourit.

— Hem... oui, en fait, il y a du nouveau. Un instant, s'il vous plaît.

Le contremaître principal passe son téléphone au jeune homme.

— Un appel pour vous, Jean-François.
Il y a longtemps qu'elle veut vous parler...
Une fille hors de l'ordinaire. Vous êtes un
garçon chanceux.

Jean-François prend l'appel.

Les deux hémisphères de la Terre se rapprochent d'un seul coup. Une même vague de
chaleur enveloppe le Québec et l'Antarctique.

Fin

Note de l'auteur : la station Charcot
est fictive. Mais les lacs subglaciaires
en Antarctique existent bel et bien, de
même que les recherches qui visent à
en percer les secrets.